艺术家的书信集

艺术家的书信集

【英】迈克尔·伯德 编著

袁艺倩 译

GUANGXI NORMAL UNIVERSITY PRESS
广西师范大学出版社
桂林

目录

引言

见字，如晤。——W.H. 奥登

　　1506 年 2 月一天的凌晨时分，阿尔布雷希特·丢勒正在威尼斯给家乡纽伦堡最亲密的朋友、一位极富名望的律师和人文主义者威利博尔德·皮尔克海默写信，并在信笺上落款、印上封蜡。几周前，丢勒刚独自完成了翻越阿尔卑斯山的壮举，整个行程 600 多千米，且可能大部分是徒步而行。丢勒得到一位家境富裕的朋友资助，在威尼斯停留一年，学习比例、透视等绘画原理，探索意大利艺术家们的绘画奥秘。事实证明，这个来自北方荒蛮之地的德国人，学有所成，在绘画造诣上已然远胜过意大利画家。这封信将会沿着冬日冰封的道路，穿越山间关隘，如果幸运的话，当月月底就会交到皮尔克海默手中。丢勒在信中写道，他的母亲时常督促他写信给皮尔克海默，担心他得罪这位经常提供帮助的朋友。丢勒前段时间因患有皮疹，没办法作画（很庆幸，写信时好一些了）。他还不失风度地调侃了朋友的感情生活。字里行间，时而淡淡地描述近况、诉说烦恼，时而就各种见闻侃侃而谈。这封信不仅让他的朋友，还让我们，接触到了如今艺术界所谓的一手资料。

　　在这封信中，丢勒表示，自己已经成为艺术界的居民，得到了大家的认同。在整个社会总体受教育程度较低的情况下，他能够与作家、思想家、律师，以及其他社会上层人士平等地交流思想。他不无骄傲地说，"学富五车的智者、技巧纯熟的鲁特琴和风笛演奏者、绘画鉴赏家，还有品德高尚的人"都希望与他结识。他最崇拜的威尼斯画家乔瓦尼·贝利尼对他的作品也非常感兴趣。虽然丢勒的父亲是一位顶级的金匠，可看作是该领域的艺术家，但丢勒却不愿与此类艺术家为伍。他偏爱相对新潮的欧洲艺术圈，欧洲艺术圈的生活中充满了书籍、音乐、鉴赏和异国旅行，并通过手书长信交流情感（比起意大利，北欧更为新潮）。

　　米开朗琪罗·博纳罗蒂 1550 年 12 月给侄子雷昂纳托·迪·博纳罗托的信件虽然只谈及家庭琐事，如分配干酪礼品、选择妻子等，但与丢勒的信件表达相比，依然不分轩轾。米开朗琪罗的笔迹利落优雅，传达出了人文主义思想。这是自由知识分子的手迹，绝非出自职业匠人。无独有偶，乔瓦尼·贝利尼 1559 年给耄耋之年的米开朗琪罗的信中，也提及艺术家强烈的自尊心。信中，贝利尼仿佛在以王子之礼对待米开朗琪罗，然而，当时的贝利尼正在筹备自传，并在其中担任主创，无须听从任何人的指令（信中并未提及）。

本书精选了 90 余封艺术家信件，跨越了整个艺术家通信史（各地的通信史起始时间各不相同，本书主要围绕西方艺术家通信史展开）。其中，最早的是 1482 年列奥纳多·达·芬奇寄给米兰专制君主卢多维科·斯福尔扎的自荐信，最晚的是 1995 年辛迪·雪曼给艺术撰稿人亚瑟·C. 丹托的感谢明信片。信件是真实存在的物品，有些用笔手写而成，有些经打字机敲击而成，有些则通过传真机传递。信件与其他物件无异，可以用手拿、阅读、折叠、打开、揉成一团、抚平展开、轻轻塞进信封或者夹克外套的口袋，可以当作书签，或许会沾上咖啡渍，或许会被老鼠啃食边缘，或许被遗忘在鞋盒里。"手书的信札，"如玛丽·萨维格观察，"是纸上的演出……语言和艺术由此缠绕交织。"[1] 然而，20 世纪 90 年代中期开始，人们似乎逐渐冷落了"纸上的演出"，更青睐通过电子媒体来沟通交流。如果将来要出版 1995~2495 年的艺术家书信集，那么想必它会轻薄不少（当然这只是我的预测）。

友情和爱情是信件永恒的主题。丢勒对皮尔克海默说："多么希望你在威尼斯。"1931 年，本·尼科尔森匆匆写了张字条给芭芭拉·赫普沃斯："我无时无刻不在想你。"而此时，他的身旁是"正在开心作画"的妻子威妮弗蕾德·尼科尔森。1956 年，李·克拉斯纳在巴黎写信给丈夫杰克逊·波洛克："我想你，多么希望你能在我身边。"但是她此次出行实际上是为了暂时离开喜怒无常的丈夫。信中寄托的强烈情感是电子媒体无法传达的，收信人手中捧着的是饱含象征意义的实体，既诉说着形单影只，又幽怨着天涯分离。如同恐龙化石或古代陶器的碎片，历史烟云中留下的书信（见证了每个人早年的人生经历）包含了大量宝贵的线索，如字体、纸张，以及内容中的蛛丝马迹（地点、时间、收信人，历史典故和参照资料，遣词造句），这些线索联系在一起反映了当时的历史大环境。从这个层面而言，通过书信还原写信人伏案落笔的时刻，无论是艺术家的手札，或是其他类别的信函，都能给人带来真实动人的感受。

五个世纪以来，朋友、爱人之间的通信内容始终不变。唯一变化的，是信件透过私人情感透露出的艺术史实，随着时间的推移，变化日积月累。你可以从克拉斯纳给丈夫波洛克的信中发现婚姻中常有的情景：妻子离开了酗酒但事业成功的白人丈夫，前往大西洋彼岸，却又再次回心转意。丈夫向妻子居住的酒店送去深红色玫瑰。妻子在信中表示想要亲吻丈夫，重归于好，但仍会像条件反射般忍不住询问丈夫的行为和精神状态，问道："你过得好吗？波洛克？"换一个视角来看，如果你循着每条线索，查看克拉斯纳空邮给丈夫的书信中提及的地点、人物及其之间的联系，就可以解密整个战后的欧美绘画艺术史，这些细节足够写本书了。每篇信函抄木旁，我都附上了注

---

1. 玛丽·萨维格：《从笔到纸：艺术家的手写信札》，普林斯顿建筑出版社，纽约，2016，第 9 页。

解，列出相应的线索。信件本不应用这种方式进行解读，根据传统，信笺会被印上封蜡，或者像礼物一般包装好，只有指定的收信人才有权撕开封蜡或拆开信封。但有一点很奇妙，即使这些信件没有写给我们，从历史长河来看，其隐私也已荡然无存。

19 世纪法国雕塑家卡米耶·克洛岱尔和奥古斯特·罗丹之间的书信，是本书中口吻最私密的一封信，也是与艺术历史大环境联系最清晰的一封信。这是一段吸引世人目光的恋情，著名的中年雕塑家与年轻貌美、天资卓越的助手坠入情网，谁料她与以往的情人不同，一再拒绝了罗丹的示好。罗丹显然不是天生的语言大师，却在给克洛岱尔的信中绞尽脑汁，想通过文字引诱对方与自己欢好。他在信中诉说，自己就像《永恒的偶像》（*The Eternal Idol*）雕塑中的男子虔诚地跪在她面前，当时这组雕像已经动工。几年后，当克洛岱尔给罗丹写信时，两人正处在这段关系的蜜月期，他们尽可能避开公众视线，在卢瓦尔河畔的一座小城堡内约会。罗丹在信中完全只是诉说自我，好像始终沉浸在个人的情感中，却从未主动探知克洛岱尔的内心；相反，克洛岱尔却温柔而饱含深情地诉说自己对罗丹的理解。她说，想要在卢瓦尔河里游泳，不愿去公共浴池。她问罗丹是否能在巴黎为她买一件深蓝色带有白色饰边的泳衣。罗丹感知事物的方式是触摸，买泳衣（中号）能让他从重要的工作中解放出来，或者说能让他暂时离开他的长期情人罗斯·伯雷，真实地感受克洛岱尔的身体。克洛岱尔在信的末尾描述了罗丹脑海中的场景，希望借此抓住他的心："我全身赤裸着入睡，这样就可以假装您在这里。"克洛岱尔与罗丹的夏日之恋并未得到完美的结局，这段恋情最终还是毁掉了她。这个结果虽不难预料，却为这封饱含快乐、活力，张扬个性和赤裸情欲的信件增添了一分悲情的讽刺。罗丹早前写信引诱她时，故作姿态、顾影自怜的语气，也许早已暗示了这样的结局。克洛岱尔最后写下："无论如何，不要再欺骗我了。"看到这里，你我作为读者，已能明显感到夹在中间的尴尬。

无论信件表达的是爱、金钱、友谊、敌意，还是只是对突如其来的问候予以回应，信件总能表现出写信人和收信人之间错综复杂的关系。原本，信件归属于收信人或其继承人，不过一旦信件的潜在历史价值被发现，所属权往往会变成博物馆和档案馆，许多收信人的姓名会因此出现在艺术年刊上。其中一些是早已成名的历史人物，如 17 世纪诗人、作曲家、外交官兼王子的艺术顾问康斯坦丁·惠更斯和苏联教育人民委员会委员阿纳托利·卢那察尔斯基。此外，还有皮埃尔-奥古斯特·雷诺阿的资助人乔治·夏邦杰、纽约画商里奥·卡斯特里、评论家兼策展人露西·利帕德，他们收集展品、策划展览、宣传营销，塑造了所在时代的文化经济，不经意间改变了艺术风向。

有时，艺术家是为了资助和创作而不得不写信。伦勃朗·凡·莱茵与惠更斯的通信，让读者真实地了解到，如何在合理表达不耐烦的同时，增加一份自尊自持。"我的钱在哪里呢？"是 16 世纪至今艺术家书信中最常见的主题。居斯塔夫·库尔贝唐突地写信给切纳文斯侯爵，措辞谨慎，将自己大部分的世俗功名归功于他一直以来鄙视的人。朱迪·芝加哥以 20 世纪 70 年代活动家、女性艺术运动拥趸的身份，给露西·利帕德写信。

对资助人而言，为艺术家提供支持是一种使命。与艺术家约瑟夫·博伊斯、亨利·摩尔、艾格尼丝·马丁、弗朗西斯·培根相比，他们的资助人奥图·摩尔、约翰·罗森斯坦、山姆·瓦格斯塔夫、艾丽卡·布豪森显得无籍籍名。不过至少在信件中，我们能看到两者之间的关系。

正如大家所想，艺术家之间的信札是最能充分表达写信人思想的，其中不乏艺术家对自己作品的描述。塞巴斯蒂亚诺·德·皮翁博向人生挚友米开朗琪罗吐露："我已经身无分文了"，希望他能帮助自己获得报酬。多萝西娅·坦宁在给约瑟夫·康奈尔的信件中写道："我们与爱的人交流时，唯一真实且感到满足的方式，是写信而不是面对面交谈……比起我们在纽约时的密集交谈，信件更能够真实地传达情感。"澳大利亚艺术家迈克·帕尔在一次欧洲艺术节中，与乌雷、玛丽娜·阿布拉莫维奇相遇，两人请求帕尔寄给他们十个回力镖，帕尔在信中描述了自己在昆士兰州的奇幻旅行，"典型的澳大利亚疯狂列车行驶上百万米"，冲向"地平线的边缘，让你好似置身梦中"。有时候，写信的过程使得"语言与艺术交织起来"，成为创作构思的一种方式。文森特·凡·高在信中向保罗·高更描述自己画作的配色。这幅如今举世闻名的画作以凡·高阿尔勒的卧室为主题，"墙壁是浅莲灰色，地板是锈红色，椅子和床是铬黄色……窗户是绿色"，他"希望用这些截然不同的色调，表达出一种绝对的宁静"。一战期间，马塞尔·杜尚从纽约写信给在巴黎的艺术家妹妹苏珊娜·杜尚，法语"une sculpture toute faite"（已制成的雕塑）在下一页被写为英文"Readymade"（现成品），这是该术语首次出现，体现了杜尚对概念艺术发展的贡献。

在真实的艺术界里充斥着流言蜚语，以及艺术家们对个人职业生涯的洞察（保罗·塞尚在老年，也就是创作的巅峰时期，曾倾诉："我的进步似乎很小"），如果艺术界脱离了现实，其实就是一档才艺表演节目。克洛岱尔列给罗丹的商品清单中，提到了卢浮宫百货公司和乐蓬马歇百货公司，体现了当时新开的两家百货公司掀起的民主化时尚风潮，为我们了解那个美好时代的文化现象打开了一扇窗。通过艺术家们的书信，我们还可以看到凡妮莎·贝尔的房屋改造计划（"我可能要把墙刷成白色或其他颜色"）、米开朗琪罗侄子送给他的干酪、皮特·蒙德里安的牙齿问题、朱耷便秘、卡米耶·毕沙罗在"顺势疗法"方面的建议、大卫·霍克尼的新传真机、乔治·格罗兹的生日宴会、伊娃·海瑟的用药情况，还有朱尔斯·奥利茨基对保鲜膜的需求。弗朗西斯·培根对罗德西亚警察"笔挺短裤和超光滑紧身裤"表示喜爱，称其"性感得无以言表"。约翰·康斯特布尔向导师约翰·托马斯·史密斯解释，自己让村子的鞋匠帮忙送信，而鞋匠"可能从未离家超过两千米"。

本书中，有些艺术家同时也身为作家，米开朗琪罗和威廉·布莱克是诗人，丢勒和约书亚·雷诺兹是理论家。对朱耷、王穉登等中国艺术家而言，诗书画三绝是身为艺术家必须兼具的能力。约翰·拉斯金和爱德华·李尔在著书立说方面的成就，远高于艺术创作。然而，他们的书信给人们带来了一种强烈的视觉观感，伴随着文字语言的展开，常配有一幅幅图画。弗朗西斯科·卢西恩特斯·戈雅在信中为儿时同伴马丁·萨波特绘制了自画像，这种风格被他运用在随后风格灵异的"狂想曲"系列版画中，并且发扬光大。碧雅翠丝·波特在给患病孩子的信中，配上了多幅插图，希望孩子能够振作起来，之后，她便开始收集动物形象作为自己著名儿童丛书的角色。保罗·西涅克给克劳德·莫奈的信中，配上了一幅描绘法国拉罗切利旧港口的小画，只是为了展示，与温泉相比，"水彩画疗法"更有益于健康。

也许"书信疗法"将成为或已经成为数字脱瘾的可靠途径，但实体文件也有其缺陷，传递需要时间，并且要在特定的时间到达特定的地点。如果无法在网络上搜索到这些高画质扫描件的电子档案，我就不可能完成这本书信集。一些机构投入大量人力进行书信数字化，让脆弱的实体书信在数字时代能够极大地延长寿命（特别鸣谢拜内克图书馆、大英博物馆、考陶尔德学院、大都会艺术博物馆、泰特美术馆和史密森尼博物院）。通过屏幕展示（拍照或保存），可以极大限度地保留书信的完整性，我们能看到写信人随手写上的一闪而过的想法和偶然的见闻，如果用钉子钉在墙上陈列，我们必然会遗漏部分信息。本书以两封风烛残年的艺术家书信收尾，即塞尚给埃米尔·伯纳德的书信，以及托马斯·盖恩斯巴勒给收藏家托马斯·哈维的书信。盖恩斯巴勒身患癌症，似乎知道自己行将就木。他说正在经历一轮复杂而剧烈的身体疼痛，并且很奇怪，"在缠绵病榻之际，儿时的热情竟然历历在目，当时我第一次发现自己非常喜欢临摹荷兰风景画，于是每天画画一两个小时……我十分顽皮，常常制作风筝、捉金翅雀或造小船"。这封信让人感受到，写信和交流思想能让艺术家短暂地放松。盖恩斯巴勒想起了儿时临摹荷兰风景画的经历，想起自己双手捧起金翅雀的样子，想起做风筝和玩具船的场景。观察、绘画、汇集生活点滴、感知色彩，共同构成了他作为艺术家的一生。

文本注释

本书以对页的形式呈现书信原件，以及评注和译文。一些信的原件长达数页，因此本书仅截取了其中的一部分。在译文中，我用方括号加省略号的方式标记省略部分，并保留了大部分拼写错误和不符合规范、缺失的标点，最大限度地减少编辑修改的痕迹，注解部分标注在方括号中。为了帮助读者阅读、增加趣味性，我将信件的信头纳入译文。我将所有书信分为八个主题，每个主题中的信件并未按时间顺序排列。时间表位于第 212~213 页。图片索引请参见第 214~215 页。

end my love and demand the

ery much thanks again and ho

drawn. 第一章 It would have be

ho barged to my studio yeste

hope "我看到了新的涂鸦" the

t up in a chair by the zoo & It

urse & bless Engraving alterna

dowry, because possessions

y wife desires me to Express

e real health problem has be

hough money to pay L. Simon

king care of all my stuff – but

o so only if you offer my landl

ur letter waiting, thank goodn

nly true and satisfactory mean

ws about your job at the mus

cture. I have painted a portra

ease, my old creature, do this

omise that you come to see u

ng to see you again, with gree

n worth your while to have co

ay to have her face painted, a

e mouse will soon be able to

a young one, very pretty, and

ly, because it takes so much

re of 家人和朋友 less value

r Love to you, Praying for Miss

addressed and you must hav

0 francs that will have to wait f

hy couldn't you have taken m

d to rent it three months at a t

ss. It was so nice to hear from

of contact with those we love

m is great. I hope you are enj

and also a picture of a cat aft

nyhow I shall come on Friday

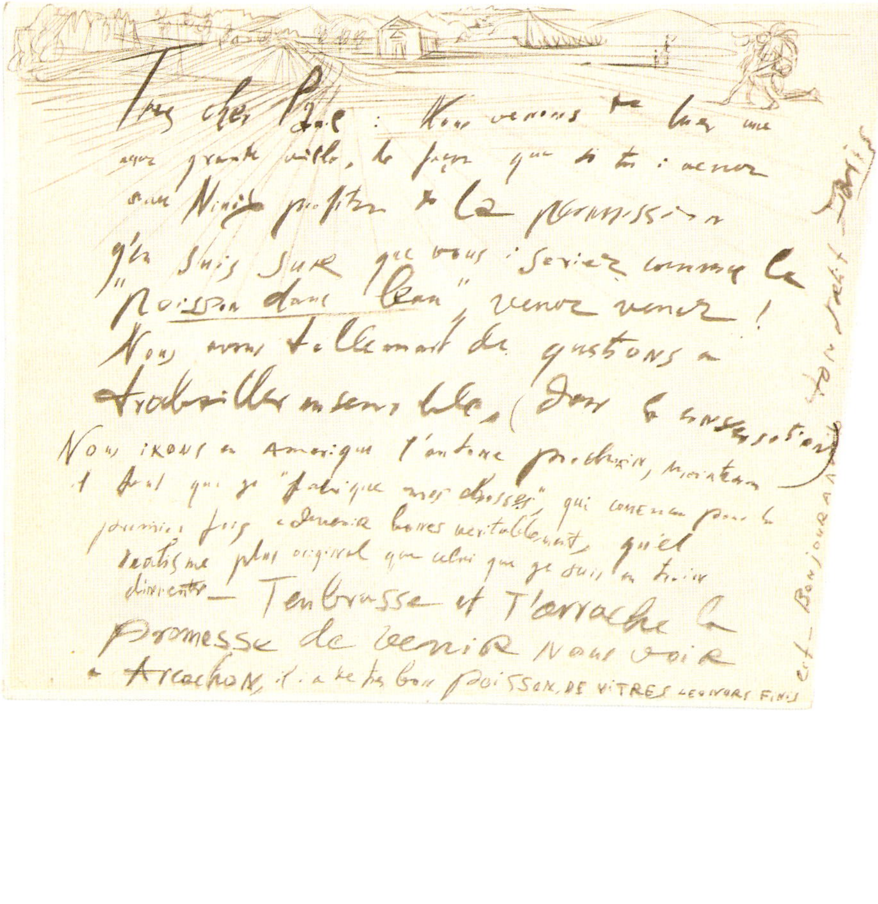

萨尔瓦多·达利致保罗·艾吕雅
1939 年 9 月

1939 年 9 月，萨尔瓦多·达利与加拉·达利租下了法国西南部海滨小镇阿卡雄的拉撒勒斯别墅。两人自 1936 年西班牙内战爆发，便开始四处漂泊，曾在伦敦、巴黎落脚，也曾在时尚设计师可可·香奈儿于蔚蓝海岸的一栋住所里借住。1939 年春，达利成为一位纽约艺术舞台上痞气十足的明星。2~5 月，他在朱利恩·列维画廊内展出有性暗示的画作和物品，其有悖道德的作品震惊了参观者，也吸引了更多人参观他设计的邦威·特耶百货公司（特朗普大厦现址）橱窗，以及纽约世界博览会娱乐区域中的"维纳斯之梦"展馆。后者由形似白珊瑚丛的小型建筑构成，建筑内，17 位"水下生活的美女"会轮流潜入放满水的长玻璃浴缸。

随后，欧洲爆发战争，达利决定去阿卡雄避难，在他看来，这将是德国军队最后才会踏足的法国土地，或许更重要的是，这里以美食闻名，牡蛎尤为著名。他在给好友、诗人和超现实主义者保罗·艾吕雅的信中，断断续续地用法语提议好友携妻子努什一同前来，但这是不可能的，因为同月保罗应征入伍。信的末尾采用了拉丁文双关"Leonoris Finis est"（莱昂诺尔莅临），暗示美丽的阿根廷超现实主义者莱昂诺尔·菲尼也住在拉撒勒斯。1940 年 8 月，达利夫妇离开法国，前往纽约定居，直至战争结束。

亲爱的保罗：我们刚刚租下一栋大别墅，如果你和努什能来，我相信这里的一切会让你感到"如鱼得水"。来吧，来吧！我们有很多问题可以一同探讨（交谈）。明年秋天，我们将离开这里前往美国。我必须"坚持到底"，现在事情开始第一次变得顺利，比起我正在创造的，现实主义更为原始。

这封信谨表达我对你的爱，希望你能如约来阿卡雄看望我们，这里的海鲜牡蛎很美味——莱昂诺尔莅临——来自朋友的关切，你的小达利［。］

弗朗西斯科·卢西恩特斯·戈雅致马丁·萨波特
1794 年 7 月

18 世纪 50 年代，弗朗西斯科·戈雅与马丁·萨波特于萨拉戈萨求学时初次相遇，两人深厚的友谊一直维持到 1803 年马丁·萨波特逝世。1775 年，戈雅前往马德里后，两人会定期通信，交流彼此的新见闻和桃色八卦，开一些离经叛道的玩笑（如对页上图信头的虚假时间 1800 年）。萨波特留在萨拉戈萨，成为一名成功的商人。戈雅也很快在艺术上取得了相当成就。值得一提的是，萨波特还负责管理着戈雅寄回家资助亲戚的基金。

1786 年，戈雅被任命为国王画师。1789 年查理四世即位后，戈雅被晋升为首席宫廷画师，为刚即位的国王和王后、其他王室成员和阿贝尔公爵夫人等重要贵族绘制肖像。此外，戈雅还为王室挂毯厂做设计，这是他来到马德里之初就从事的工作。但这项工作让他长期接触有毒物质，致其 1792~1793 年冬天身患重病，最终双耳失聪。在给萨波特的信中，戈雅隐晦地表达了自己身为王室画师的压力：他娶了宫廷同僚、同乡弗朗西斯科·巴耶乌的妹妹，而巴耶乌给了他一项艰巨的任务，为虚荣刻薄的王室宠臣、阿尔库迪亚公爵曼努埃尔·戈多伊绘制骑马像。信件末尾的漫画自画像，为戈雅两年后在阿贝尔公爵夫人府邸绘制亲密而具有讽刺性的漫画埋下了伏笔，也成为风格灵异的《狂想曲》（*Los Caprichos*）系列版画的灵感来源。

上帝啊！我的信手涂鸦一定惹恼了你，这些画虽然笔触潦草，但与你的画作相比，你会发现我轻易战胜了你，我敢夸下海口，这世界上从未出现过此类画作。

如果你能来这里帮我为阿贝尔公爵夫人绘制肖像，那将是非常值得的。昨天，阿贝尔冲进我的画室要求我为她化妆，现在完美交差了。比起在油画布上作画，我当然更喜欢为她化妆。现在，我还要为她绘制全身像。不过，要先完成阿尔库迪亚公爵的骑马像。阿尔库迪亚公爵派人通知我，他已经在宫殿（埃斯科里亚尔）内为我预留了房间，因此我可能会在那里多停留一段时间。告诉你，对画师而言，公爵绝对是最难画的对象。

巴耶乌原本负责骑马像的工作，但他脱手了。虽然他多次收到邀请，但是国王不希望他承担过多的工作，认为他应当休假，回到萨拉戈萨休息两个月，或者四个月。你很快就会见到他，请帮我照看他，让他好好享受假期。

另外，你很快就会收到由我担保贷款的文件，由你来处理。但我有预感，如果他是我在那里认识的两者之一，那么或许早已去世了。

再见，如果你想知道其他信息，可以询问克莱门特（阿拉那兹，萨波特的秘书）。

亲笔。

Spethen,

Dearest Stephen, Thanks terribly for your Letter. It crossed one of Mine I Benton End think? Suffolk Hadleigh
life for me is no Longer the monotony of waking up in a cold room to find
myself with Clap, D.Ts, Syph, or perhaps a poisoned foot or ear!
No Schuster, those happy and carefree days are gone the phrase
"Freud and Schuster" no longer calls to the mind such happy scenes
such as two old hebrews hand in hand in a wood or a bath-
room in Atheneum Court or Pension-day in the freud-Schuster build.
building but now the people think of freud and Schuster in
bathchairs, freuds ear being amputated in a private nursing
homes, and puss running out of his horn. Schuster in an epilep-
tic fit with artificial funnybones. When I look at all my
minor and major complaints and deseases I feel the
disgust which I experience when I come across intimate
passages in Letters not   written to me.

Cedric has painted a   portrait
of me which is absolutely   amazing.
it is exactly like my face   is green
it is a marvellous picture.   I have
painted a portrait and also   a picture
of a cat after it has   been skinned
Do come down here if you can!   what about

Mrs. p.s at Haulfrynny in   march?
John Jameson has been   down here
for some days and also   a man who
was a great friend   of the strange
enlishmen who threw   fits
to whom tibbles
was employed in Italy.

Here is our Telephone
call. Do you realise that if you
shaved your nose every days you would soo
grow a reasonable beard on it? The firm ought to
realise these little things in case of a buissiness drops.

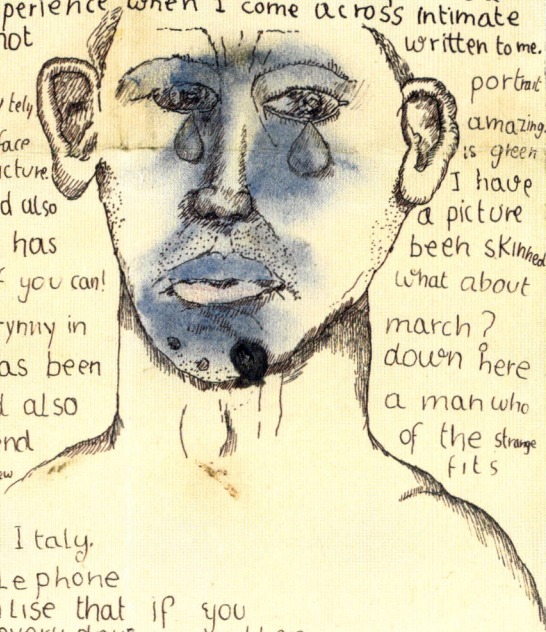

卢西安·弗洛伊德致斯蒂芬·斯彭德
1940 年

 1933 年，卢西安·弗洛伊德一家作为难民逃离纳粹德国，在英国定居。弗洛伊德断断续续地接受了中等教育。1938 年，弗洛伊德被东安格利亚绘画学院录取，该学院由塞德里克·莫里斯和亚瑟·列特-海因斯共同管理。"塞德里克教我画画，"弗洛伊德回忆，"更重要的是要坚持作画。"1939 年，弗洛伊德在北威尔士待了两个月，与诗人斯蒂芬·斯彭德开展了短暂的合作。他们共同完成了一本合集，内含一些超现实场景和素描，并将其称为"弗洛伊德-舒斯特之书"（舒斯特是斯彭德母亲婚前的姓氏）。在对页的信中，弗洛伊德亲切地提及了该合集。信中的画是一幅仿作，原型是塞德里克在弗洛伊德 18 岁时为他绘制的青色面部肖像，那幅肖像"精彩绝伦"，现藏于泰特美术馆。

萨福克

哈德利

本顿恩德之家

亲爱的斯蒂芬：

 非常感谢你的来信。我想，信中提到了我的某幅作品？生活对于我，不再是一成不变地在冰冷的房间中醒来，发现自己患上了淋病、D.Ts[可能是指抽动症]、梅毒，或者脚部、耳部感染了！不再是这样了，舒斯特，这些放浪恣意的生活一去不复返，"弗洛伊德和舒斯特"不再让人回想起旧日的欢乐时光，两位苍老的犹太人手牵着手出现在树林里、艺术学院大厅的盥洗室里，或者津贴领取日的弗洛伊德-舒斯特大厦里，现在人们只会想起弗洛伊德和舒斯特坐在淋浴椅上、弗洛伊德的耳朵在私人敬老院被截掉、猫咪爬过他勃起的生殖器。舒斯特癫痫发作，肘关节被植入了人工肱骨。当我看到周身大大小小的疾病，我感到一阵恶心，这就好比我读到信中有大段亲密的文字，而收信人却不是我。塞德里克为我画了一幅肖像，真是精彩绝伦。我的脸确实是青色，画得不错。我临摹了肖像，并画了一只被剥皮的猫。如果可以，请你一定来看我！皮尔恩夫人在哈福里的游行进展如何？约翰·詹姆森在这儿待了一段时日，还有一名男性，他的好友是位奇怪的英国人 [……] 这是我们的电话号码。你有没有发现，如果每天都用剃须刀刮鼻子，你的鼻尖就会长出一定量的毛发？这家公司应该注意这些细节，以防销售量下滑 [……]

out-houses. Lots of room for
hens - a hen-house. almost
too much room in fact. I
wondered if we could ever
do with one servant. However
I just see why we need use
many of the rooms at first.
Unfortunately nearly all the
rooms were papered with
rather horrid but quite new
papers. So Mr. J. wouldn't
do them again naturally.
The paint too was quite
good, but harmless colours -
mostly white or green. I said
I should probably white or
colour wash many of the
walls & he said he didn't
mind what I did - but of
course he'll only pay for what

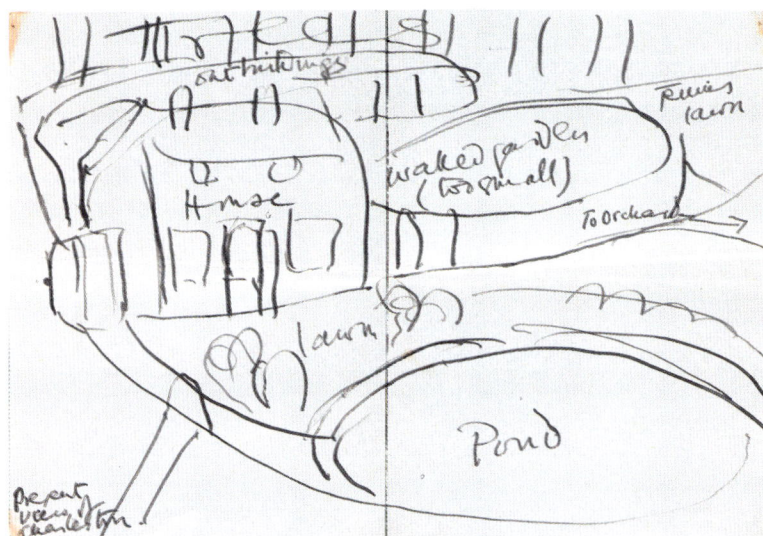

out buildings

House

walled garden
(too small)

ruins
lawn

To Orchard

lawn

Pond

present
view
Charleston

凡妮莎·贝尔致邓肯·格兰特

1916 年 9 月

第一次世界大战期间，凡妮莎·贝尔、邓肯·格兰特、罗杰·弗莱、里顿·斯特拉奇和约翰·梅纳德·凯恩斯等人组成了高知艺术家小团体——布鲁姆斯伯里团体，他们来往于伦敦及多国休假地之间。1916 年，贝尔即将和格兰特建立长期的关系，正在寻找共同的居所，而后者刚刚和同性恋人爱德华·加内特从萨福克度假归来。苏塞克斯郡的查尔斯顿农舍第一次出现在贝尔的信件中，她心情激动，不仅用文字描述，还在信中配了插图，后来这里成了布鲁姆斯伯里重要的艺术中心之一。贝尔在信中用"令人沮丧"一词来描述月经来潮，表明她和格兰特可能已经开始备孕。1918 年，他们的孩子安吉莉卡在查尔斯顿出生。

亲爱的熊先生：

我似乎总在生活一片混乱的时候给你写信。我刚刚从查尔斯顿回来，打点好了一切，但还没有签署租约。我回来后看到你的信，这真是太好了。非常高兴收到你的来信——只是我很担心你疼痛的喉咙。我的喉咙好多了。如果你的病情没有好转，请告诉我，我会马上回来，为你做牛乳酒。请务必这样做，我的老伙计。无论如何，周五我都会回来。

我必须告诉你上次通信后我做了什么。我和罗杰［弗莱］共进晚餐，那个夜晚有些令人伤感，但我不会深入讲这件事。我觉得是我的错，因为当时我感到身心俱疲，我花了一整天打扫屋子，前一天出游，今天我的例假又来了（多么令人沮丧，但这次我并没有过分期待）。

好的，今天早晨我乘坐九点的火车离开，这是唯一顺利通往格林德的列车。我抵达时并没有看到斯泰西先生的牌子，不过没多久，他就骑着只能载两个人的小摩托出现了，载着我迅速赶往查尔斯顿。我自认为语言匮乏，无法描述任何一个地方——出乎意料，这次我看到了与众不同的景物。一大片湖、一片果园、住房和农舍后种满的树木［……］房间（根据今天的印象）非常宽敞、明亮、数量很多。这里有一个大橱柜、不计其数的食品柜、一个奶牛场、多个地窖、不同类型的独立小屋，以及一个空间很大的鸡舍，实际上，这里空间太大了。我在想是否需要雇一位仆人［……］不过很可惜，几乎所有的房间都贴着华丽庸俗的墙纸，但全部是崭新的。所以当然，斯泰西先生不愿意重新贴一遍。油漆刷得也很棒，属于无公害的色系——大部分为白色或绿色。我说我可能要把墙刷成白色或其他颜色［……］我觉得可以将房子改造得更温馨［……］里顿和梅纳德今晚会在这里用餐，谢帕特可能也会来［……］

爱你的啮齿动物

Lionardo io ebbi e marzolini cioè dodici caci sono molto begli ne
farò parte agli amici e parte p casa e come altre volte uo scri
tto nō mi madate piu cosa nessuna se io nō uene chieggo e ma
ssimo diquele che mi costano danari ss Circa il tuor donna come
e necessario io no no che dirti se nō che tu nō guardi a dota
p che ece piu roba che nomini solo ai auer lochio alanobi
lita ala sanita e piu allabota che a altro Circa labellezza
nō sedo tu pero elpiu bel giouane di firēze nō tenai da
curar troppo pur che nō sia storpiata ne schifa altro nō
ma chade Circa questo ss ebbi ieri una lettera da messer
giouā fra oesco che mi domada se io o cosa nessuna della
marchesa di pescara uorrei che tu gli dicessi che io cerche
ro e rispo derogli sabato che uiene bēche io nō credo auer
niēte p che quando stetti amalato fuor di casa mifu tolto
di molte cose ss Arei caro quado tu sapessi qualche stre
ma miseria di qualche cittadino nobile e massimo diquegli
che anno fā ciule ī casa che tu mauuisassi p che gli farrei quel
che bem p la anima mia

A di ueti di dicēbre 1550

Michelagnolo buonarroti
T fiomo

米开朗琪罗·博纳罗蒂致雷昂纳托·迪·博纳罗托·西蒙尼
1550 年 12 月 20 日

  米开朗琪罗膝下无子，侄子雷昂纳托·迪·博纳罗托成为其遗产继承人。但是，两人却因此针锋相对。1545~1546 年冬，有谣言称米开朗琪罗在佛罗伦萨生命垂危，甚至已然与世长辞。侄子雷昂纳托没有去佛罗伦萨探望叔叔，而是为了确保自己的继承权，匆匆赶去罗马。米开朗琪罗气急败坏，认为侄子与他之间无任何亲情可言，一切都是"虚与委蛇"。

  直至 1550 年，这一事件才完全平息。在米开朗琪罗给雷昂纳托的信件中，满篇皆是对晚辈财产和婚姻的建议（雷昂纳托此时 31 岁）。同年 8 月，他写信给侄子称："大家都说，我应当为你找一位妻子，就好像我能从口袋随意掏出来一个似的。"他还因侄子送来的礼物过于昂贵而唠叨。礼物有衬衫、干酪和红酒，但米开朗琪罗刚被诊断出胆结石，因此无法品尝美酒。金钱在该信函中以嫁妆的形式再次被提及（当时，新郎的家庭需要为新娘提供嫁妆作为保障，以防新郎英年早逝），米开朗琪罗有意行善举，为金钱拮据的上流人士嫁女提供嫁妆。此外，米开朗琪罗还在信中提及了于 1547 年去世的挚友佩斯卡拉侯爵夫人，夫人名为维托丽娅·科隆纳。米开朗琪罗坚信，在自己缠绵病榻时，有人偷走了侯爵夫人的诗文手稿。

  雷昂纳托：我收到了你送来的 12 块干酪，非常可口。我会送给朋友一些，其余的留在家里，但就像我以前在信中还有见面时所说，除非我向你提出要求，否则不要送给我任何东西，特别是那些需要花钱的礼物。

  关于娶妻成家——这是必须的——我没有什么经验可以传授，除了不要太计较嫁妆，因为钱财是身外之物，没有什么比人更重要。你只需注意她的出身背景、健康状况，最重要的是秉性是否善良。至于外貌，毕竟你在佛罗伦萨也不是数一数二的美男子，无须过度关注这一点，但她不能身有残疾，或是面容丑陋。对于这一点，我就说这么多。

  昨天，梅塞尔·弗朗西斯科·乔瓦尼寄来一封信，问我是否有佩斯卡拉侯爵夫人的遗物。你能否代我告诉他，我会帮他找，本周六告诉他答案，不过我不认为我这儿有任何遗物，因为在我外出治病时，很多东西都被偷走了。

  如果你听说哪个贵族家庭手头拮据，特别是有女儿待字闺中，请务必告知我。为了灵魂得到安抚，我想给他们一些馈赠。

1550 年 12 月 20 日

米开朗琪罗·博纳罗蒂在罗马

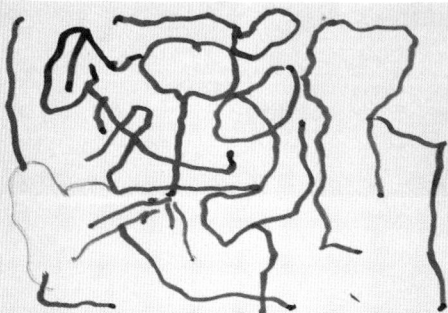

I was in the middle of drawing when your card came! Delights — surprises, news! — I had not seen it before, but anyway it would have delighted me to have had in it the Asher touch. So —

this is to let you know we are happy, miserable, inspired, dull — lots of work — bad and good. It would be so [flower sketch] to be together —

But everything just? smacks from us too —
Philip

MUSA

菲利普·加斯顿致伊莉丝·阿舍

1964 年 8 月 17 日

菲利普·加斯顿在为 1966 年纽约犹太博物馆画展创作作品期间,写了一张便条给诗人兼画家伊莉丝·阿舍。如今,谈到加斯顿,人们会想到他后期的具象作品、带有尴尬而刻意的卡通风格,但在 20 世纪 60 年代中期,他是知名的抽象表现主义画家。1962 年,他在所罗门·R.古根海姆博物馆举办回顾展后,开始减少作品中的色彩,最终只留下黑白两色。他解释道:"用白色颜料去覆盖不想要的黑色时,会呈现灰色。像我这样用有限的工具进行创作,会打开一些不可预期的其他事物,比如空气、光线和错觉。"

加斯顿的大幅作品《前景》(Prospects,1964 年,澳大利亚国家美术馆,堪培拉),横竖笔画如网般交织,构成不同色调的灰色网格。从本质上看,图中开放(或实心)图形之间的平衡、线条交错的矩阵,与便条上的涂鸦有相似之处。之前,阿舍在给加斯顿的卡片上创作了一幅画,加斯顿可能在用同样的方式感谢阿舍。阿舍与诗人斯坦利·库尼茨结婚后,将丈夫诗歌的诗行融入近似单色的抽象画中,与加斯顿的作品雷同,笔触是最明显"画出"的部分。加斯顿完成犹太博物馆的画展后,停止了油画创作,并在随后的两年中创作了上百幅素描,包含抽象和具象作品。加斯顿将这一阶段视为"非常重要的插曲"……1968~1970 年,他创作了一系列具象作品。

加斯顿在信的落款部分写上了自己夫人穆萨·麦基姆的名字,她也是一名画家。20 世纪 30 年代,两人在奥蒂斯艺术学院相遇,并在第二次世界大战期间,就公共场所壁画项目展开合作。20 世纪 60 年代,加斯顿夫妇住在新泽西州伍德斯托克镇,加斯顿从这里将信寄到了阿舍和库尼茨在科德角最北端普罗温斯敦的海滨避暑别墅。

当卡片寄来的时候,我正在作画!既感到欣喜,又有点惊讶,这是新的消息!之前,我没有听到类似消息,但是无论如何,卡片上阿舍的笔触让我非常开心。所以,我想让你们知道,我们时而开心,时而痛苦——时而灵感突袭,时而百无聊赖——有大量工作要做——有好有坏。真的 [手绘花朵] 很想和你们在一起。

你们一切好吗 [手绘笑脸]?

XXX
击掌

菲利普和穆萨

March 5th 95.

2, BOLTON GARDENS,
LONDON, S.W.

My dear Noel,

I am so sorry to hear through your Aunt Rosie that you are ill,

you must be like this little mouse, and this is the doctor

Mr Mole, and nurse Mouse with a tea-cup.

碧雅翠丝·波特致诺埃尔·摩尔

1895 年 3 月 8 日

　　七岁的诺埃尔·摩尔收到碧雅翠丝·波特寄来的慰问信时，依然卧病在床。波特知道如何在信中通过对故事细节的描写，帮助诺埃尔振作起来，因为波特很小的时候，也是个可怜、孤独的孩子，只能通过绘画和探索自然来寻找快乐。诺埃尔的妈妈安妮，曾经是波特的家庭教师。早在 1893 年的信件插画中，波特就绘制了一系列动物形象，这些角色后来出现在彼得兔系列中。这次波特在为诺埃尔编织的梦里，还添加了医生莫尔和护士莫斯两个角色。

　　然而，当时的波特是一位严肃的业余真菌学家，为真菌观察绘制漂亮的水彩画（1897 年，她曾向伦敦林奈学会提交论文《论伞菌孢子的萌芽》）。信中的插画和故事是儿童绘本《彼得兔的故事》（*The Tale of Peter Rabbit*）的雏形，这本书在投稿屡次被拒后，1901 年由波特自费出版。1902 年，波特与弗雷德里克·沃恩公司签约，陆续创作了 20 多个故事，包括小猫汤姆、杰米玛·帕德尔鸭、刺猬温迪奇、渔夫杰里米的故事，这些故事都成了闻名世界的儿童经典读物，也让波特获得了一大笔财富。对页书信中温柔的鼠女士，在 1917 年系列丛书的最后一本书里再次出现，即《耗子达波丽的童谣》（*Appley Dapply's Nursery Rhymes*）。

伦敦西南区波尔顿花园 2 号

亲爱的摩尔：

　　我从罗西婶婶那儿得知你生病了，这让我很担心。你一定像这只小老鼠一样，身旁是医生莫尔，以及手捧茶杯的护士莫斯。

　　我希望小老鼠很快就可以起身，坐在椅子上烤火取暖。

　　周三，我去动物园玩，看到新来的长颈鹿。它的年龄还很小、很可爱，饲养员说很快它就会长高了。

　　我看到运送它的笼子，饲养员说，由于笼子太小，这只长颈鹿的脖子僵住了。人们从南安普敦通过火车将它运送过来，但是要过隧道，所以只能用小点的笼子。我还看到了一只新来的猴子，名叫詹妮，它有着黑色的毛发，以及老婆婆般丑陋的脸。一个男人给了詹妮一副手套，它戴着手套、拿着一串钥匙试图打开笼门。

　　我为大象带了许多圆面包放在包里，但我不能给鸵鸟带食物，因为之前一个调皮的小男孩给鸵鸟喂了旧手套，让它们生病了，所以动物园禁止人们喂食。我看到一只黑熊四脚朝天打滚，我从未想到老狼的脾气会这么好。

永远爱你的碧雅翠丝·波特

353 East 56 St. N.Y.C.

Dear Seligman,

Thank you for the address,
but I am sorry I did not explain
you the situation with the tooth.
The absces is on a tooth which
keeps already an appareil and
is not very strong. This makes
that the operatition in any case
has to be done one time or the
other. So it is superfluous
to inquire and I caused you
trouble for nothing.

But perhaps your dentists
address can be usefull to
me later.

Very much thanks again
and hoping to see you
again, with greeting to
your both, your
Mondrian,

I should have written you directly but I didn't know your address.

皮特·蒙德里安致库尔特·塞利格曼

20 世纪 40 年代初

皮特·蒙德里安在巴黎画室度过了最美好的 26 年。1938 年 9 月，他离开巴黎，来到伦敦。他预感欧洲即将爆发战争，所以一直计划前往美国。1940 年夏，他的祖国荷兰和法国被德国军队相继占领。同年 9 月，德国在英国发动闪电战，蒙德里安因此无法继续作画。10 月，他到达纽约。

在纽约，蒙德里安得到了美国抽象派画家、汉斯·霍夫曼的学生哈利·霍尔茨曼的款待，哈利与蒙德里安曾在巴黎见面。在哈利的资助下，蒙德里安在曼哈顿第六大道第五十六街街角创办了自己的画室。蒙德里安不断在美国爵士音乐和纽约街景中汲取灵感，发现了有色胶带等新材料，由此开启了艺术创作的新阶段。《百老汇爵士乐》（*Broadway Boogie Woogie*，1942~1943 年，纽约现代艺术博物馆）是他的最后一幅画作，他在黄色线条中穿插了红色和蓝色方格，用明亮的颜色取代了以往作品中常用的黑色。1944 年 2 月，蒙德里安逝世。

20 世纪 30 年代，蒙德里安在启城路的画室成为美国艺术家和策展人的朝圣之地，进发出无数创意火花。在纽约，蒙德里安被美国抽象艺术家协会成员尊为现代艺术大师，并遇到了多位前来避难的欧洲艺术家朋友。1942 年 3 月，他与库尔特·塞利格曼（参见第 83 页）、马克·夏加尔、马克斯·恩斯特、费尔南德·莱热等艺术家，共同参与了皮埃尔·马蒂斯画廊举办的"流浪艺术家"画展。塞利格曼交际广泛，主动向蒙德里安介绍牙医，为他治疗牙周脓肿。蒙德里安对此婉言谢绝，并解释称自己这颗坏掉的牙齿需要进行一次手术，之前已使用某种仪器将它固定好了 [信件用了法语的 "appareil"（仪器）一词]。

纽约市第五十六街 353 号

亲爱的塞利格曼：

非常感谢你提供的地址，但是很抱歉我没有向你解释牙齿的具体状况。我的牙齿已经使用过仪器矫正，但依然比较脆弱。这表示如果有时间，必须进行手术。因此，没必要去询问医生，抱歉给你带来麻烦。

不过，我以后可能还是会用到你给的牙医地址。

再次感谢你，期待下次见面。向你们问好。

你的朋友蒙德里安

我应当直接写信给你，但不知道地址。

Wien 19. Mai 1894

Euer Hochwohlgeboren!

[...] Excellenz Freiherrn von Wieser [...]

[...]

Hochachtungsvoll
Euer Hochwohlgeboren

Gustav Klimt

VIII. Josefstädterstrasse
21.

古斯塔夫·克林姆特致约瑟夫·列文斯基
1894 年 5 月 19 日

从维也纳应用艺术学院毕业后，古斯塔夫·克林姆特与弟弟恩斯特、同学弗朗茨·冯·马茨，共同接受了公共建筑绘画项目的委托。1886 年，他们着手为新建的维也纳城堡剧院巨型楼梯绘制十幅壁画。克林姆特创作的四幅壁画，以典籍和莎士比亚作品为主题，为他赢得了金十字荣誉勋章。在老城堡剧院拆毁之前，克林姆特与马茨又受命为该剧院内景绘制一幅水彩画，画中包括约 200 位观众的微缩肖像，这些观众均来自维也纳的上流社会。

克林姆特与老戏骨约瑟夫·列文斯基写信讨论的是另一个委托项目，旨在展示老城堡剧院的文化遗产。列文斯基常年活跃在维也纳戏剧舞台上，是其所在时代最伟大的演员。当时的克林姆特已经积累了与社交名流交往的丰富经验，知道他们在意什么，于是他以谨慎的措辞表示了对列文斯基的敬意（信件开头的称呼 "Euer Hochwohlgeboren" 在德语中指 "阁下"，是对贵族的尊称）。这样做颇有成效。克林姆特为列文斯基所作的肖像（奥地利美景宫美术馆，维也纳）完成于 1895 年，描绘了列文斯基在歌德悲剧《克拉维戈》（*Clavigo*）中饰演唐·卡洛斯时的样子。1858 年，列文斯基首次扮演该角色，这也是他在老剧院城堡的首次公开亮相。1894 年，他再次演绎了该角色，仍广受赞誉。克林姆特以浪漫主义手法绘制了列文斯基的肖像，画中他的面容呈现出一种激情和决心。短短几年，克林姆特毅然抛弃了为他带来极大成就的学院派风格，取而代之的是象征主义、装饰元素和神圣的情欲表现，这让维也纳上流人士倍感迷惑和惊讶，却让克林姆特声名鹊起。

尊敬的阁下！

版画艺术协会正准备发表一件以维也纳剧院为主题的大作，主要关于老剧院城堡。尊敬的先生，我相信通过弗赖赫尔·冯·维塞尔阁下，您已准备好就这一主题进行交流。

我受到委托，为一位老城堡剧院的艺术家绘制肖像，主要是艺术家扮演某个角色时的形象，因此会调整艺术家的外貌，与本人关联甚小。

我冒昧地选择绘制您的肖像，尊敬的阁下，诚恳地询问您，不知何时何地我能有幸与杰出的您交谈。

期待您早日回复，尊敬的阁下。

您忠诚的朋友古斯塔夫·克林姆特敬上
约瑟夫城街 21 号 VIII

I January I970

Dear Rosamund:

I thought to begin the new year properly by writing
to you, even though I can't find your last letters.
I just returned last night from IO days in St. Martens,
a much needed and, I thought, deserved vacation in the
sunshine. The island was beautiful and has about eight
beaches, each with a character that differs from the
others.

One no sooner sets foot on New York than one feels the
muscles and nerves tighten up and start to jerk. It is
almost as though one hasn't been away at all. Maybe it
is good that that is the way it is. I have to dye
costumes and shrink sweaters for Merce C. who opens his
season on the 5th and finish a couple of drawings and see
that everything is framed and hung for my show at Leo's
 on the IOth. I hope that it will all get done and I
think it will. It often does.

Thank you for offering to send more of the Baby's Tears
but don't do it just now. There are two cats here now
who insist upon sitting in the flower pots in spite of
my efforts to keep them out. And I think there isn't
enough sunshine to help the plants recover from this
sort of treatment. A bit of the first batch is still
holding on.

The news about your job at the museum is great. I hope
you are enjoying it and that you like being an expert.

I wish us all a happy new year.

Love,

贾斯培·琼斯致罗莎蒙德·费尔森
1970 年 1 月 1 日

贾斯培·琼斯刚刚离开御寒圣地加勒比海圣马丁岛回到纽约，就写信给年轻的策展人、未来的画廊经营者莎蒙德·费尔森。此时，琼斯正在筹备李欧·卡斯特里画廊的画展，该画展将于 1 月 10 日开幕。这距离他因美国国旗系列名声大噪，恰好过去了 15 年。琼斯以靶子和字母为主题的系列油画，以及以商业产品为原型的雕塑作品，例如啤酒罐雕塑，是艺术和美国大众文化融合的早期体现，并随即演变为更大范围的波普艺术。琼斯不断地重复绘制着这些图案。"我喜欢用另一种媒介来再现图案，"他说，"这就好像在欣赏一场图案和媒介的游戏。"

在这封信中，琼斯提到自己为新舞剧《二手》（*Second Hand*）设计服装，该剧由梅尔塞·坎宁安编舞、约翰·凯奇谱曲。琼斯的理念是，十位舞者身穿不同颜色的服装，无须任何装饰，伴随着舞者移动，颜色自然交汇，创造出相应的视觉效果。《二手》将在一周后于布鲁克林音乐学院首次演出，但琼斯还没有为服装染色。"我希望最终一切都能完成，"他对费尔森说，"一般都没问题。"他还婉言谢绝了费尔森，告诉她不必从洛杉矶邮寄婴儿泪（植物）给他。

亲爱的罗莎蒙德：

我觉得，开启新年最恰当的方式是写信给你，尽管我已经找不到你上次寄来的信了。我在圣马丁岛待了十天，昨晚刚回来，我认为，这是一段很有必要也很值得的阳光假期。小岛很漂亮，有着大约八片沙滩，每片沙滩风景各异。

一旦踏上纽约的土地，总会感到肌肉和神经突然紧绷、痉挛。似乎我从未离开过一样。也许，这是美好的，因为这就是本该有的感觉。我必须为梅尔塞·坎宁安漂染服装，并将线衣改小，他的舞剧演出季将从本月五号开始。我还要完成几幅画，并确认本月十号将于李欧画廊展出的所有画作已全部装裱、悬挂完毕。我希望最终一切都能完成，一定会的，一般都没问题。

你说要寄给我婴儿泪，谢谢你，但现在先不要寄来。两只猫总是喜欢蹲在花盆里，我怎么赶都赶不走。我觉得，这里的阳光不够充足，无法让花儿从这种摧残中恢复过来。第一批花中有些还活着。

你说你在博物馆找到了工作，太棒了。希望你乐在其中，成为专家。

祝我们都度过一个快乐的新年。

爱你的贾斯培

I can draw much better now
this is a bird

it is a owl   it was the favorit
berd of Menervis
i can draw your dea mama
cuming the sea

the captin

i can draw lots of things now
but not quit as well as Phil
he had lesons at a regular
school.   how is Draw
lein will you give her my
kind regards, this is me
painting a pickture

it is a lanskip and
is shoken very well of

爱德华·伯恩-琼斯致达芙妮·加斯克尔
1897~1898 年

　　拉斐尔前派画家爱德华·伯恩-琼斯在花甲之年成为一位知名画家。对页是他当时的信件，收信人是其好友海伦·玛丽（梅）·加斯克尔的女儿达芙妮·加斯克尔——一位婚姻不幸的贵妇人。1892 年，伯恩-琼斯和梅初遇后，两人频繁通信，语言亲昵，信件往来最多时竟达每天五次，但两人之间强烈的情感显然只停留在精神层面。同时，他也会写信给梅的女儿达芙妮，并用孩子气的口吻、拼写和绘画风格进行表达。达芙妮认识伯恩-琼斯时约五岁。1898 年琼斯去世时，她才 11 岁。琼斯用信件（日期不明）为达芙妮构筑了一个童话世界，"没有人可以纠正我的字，他们都出去了……我们晚餐吃了甜卷布丁和芝士蛋糕"。信件内容包括德国家庭女教师（雷恩女士）、从圣诞节到初夏的伦敦社交季（伯恩-琼斯提到条纹雨伞或遮阳伞），以及瞬息万变的时尚风向，仿佛是写给年龄稍大的女孩。这或许是一个信号，随着达芙妮年龄的增长，用孩子的口吻给她写信有些不合时宜，或者说伯恩-琼斯对此不再有兴趣了。于是，他不必像从前一样，故意拼写错误［信件前半段的"肥肠"（quit）在后半段被改正为"非常"（quite）］，也不再用"时尚"和"条纹"与她开玩笑。但是，在落款处，他依然保留了"effectiontate"这一错误的拼写（正确拼写为"affectiontate"，意为亲爱的）。

吐司日

亲爱的达妮［琼斯用了昵称"dafny"］：

　　我想找你玩，但你还没有回来，回到家马上写信告诉我［……］

　　你不在的时候，我上了绘画课

　　我画得越来越好［，］这是只鸟儿

　　这是只猫头鹰，是密涅瓦女神最稀饭［喜欢］的鸟儿

　　我可以画你的妈妈乘船渡海

　　船长

　　我可以画很多东西，但是都不是肥肠［非常］好，不如菲儿［，］他在正规学校上课。雷恩女士近来好吗，能否代我问声好，这是我在画画

　　我画的是郊区，据说风景很好

　　画在了纸上

　　我想让你的父亲买下这里，但他并不知道这里，所以拒绝了。

　　我最近非常好，安吉拉也非常好。社交季几乎结束了，浅紫色花边、羊驼毛披风、橡胶鞋、条纹雨伞开始流行，但灯芯绒裤子已经过时，虽然我还穿着［，］因为还没怎么穿。

你最亲爱的伙伴爱德华·伯恩-琼斯

Dear Sir

I begin with the latter end of your letter to grieve more for Miss Poole's ill heath than for my failure in Sending proofs tho I am very sorry that I cannot Send before Saturdays Coach. Engraving is Eternal work. the two plates are almost finished. You will receive proofs of them for Lady Hesketh. whose copy of Cowpers letters ought to be printed in Letters of Gold & ornamented with Jewels of Heaven Havilah Eden & all the countries where Jewels abound I curse & bless Engraving alternately because it takes so much time & is so intractable. tho capable of such beauty & perfection

My Wife desires with me to express her Love to you Praying for Miss Pooles perfect recovery & we both remain
                    Your Affectionate
March 12   Will Blake
    1804

威廉·布莱克致威廉·赫利

　　1800 年 9 月，诗人兼传记作者威廉·赫利说服威廉·布莱克离开伦敦，于是布莱克住进了萨塞克斯郡费尔潘的村舍，紧邻赫利新建的"隐居之所"。现在，布莱克被公认为想象力丰富的著名诗人和画家，但他当时的职业是雕刻师。赫利计划为诗人威廉·古柏编写传记，并委托布莱克为该书创作插图。古柏去世不久，是赫利长期赞助的天才朋友之一。赫利资产雄厚，著有多部诗歌集和墓志铭，还有几部未获成功的戏剧。然而，布莱克奉行个人主义，难以忍受赫利强烈的控制欲，不过他依然在费尔潘待了三年。

　　1804 年，布莱克返回伦敦后写了这封信，他坦言版画的雕刻工作尚未完成。但他认为，错过截止日期不完全是他的问题，因为"雕刻是一项永不停息的工作"。同年，传记《古柏一生》（*Life of Cowper*，书中插图是布莱克绘制的版画）出版，该书轰动一时，最终让赫利盈利 1.1 万英镑（约等于如今的 48.5 万英镑）。布莱克称古柏的堂姐哈里特·海斯凯茨夫人非常难以取悦，她似乎"对诗人堂弟有着近乎痴迷的崇拜，认为他完美无缺"。海斯凯茨夫人曾私下抱怨，布莱克版画中的古柏头部，是依照乔治·罗姆尼（赫利另一位富有创意的友人）绘制的肖像画雕刻而成的，看起来像是"一位不幸福的人，眼睛长在头部，似乎要从脸上逃离"！

尊敬的先生：

　　从您来信的末尾开始说起，比起未能寄去校样，我对普尔小姐的病情更为伤感，不过很抱歉我只能在周六训练后再寄出。雕刻是一项永不停息的工作，这两幅版画几乎就要完成了。你很快就会收到海斯凯茨的校样，她手中古柏的信件应当用金色信笺印刷，用天堂、哈腓拉、伊甸园和所有盛产宝石的国家的奇珍异宝装饰。我有时会诅咒雕刻，有时却甘之如饴，因为它耗费了我太多时间，是如此难以捉摸，却又是如此美丽和完美。

　　我的夫人托我表达她对您的敬爱，祈祷普尔小姐能早日康复，我们永远在她身边。

你亲爱的朋友布莱克·威尔

1804 年 3 月 12 日

June 6/36
CALDER
PAINTER HILL ROAD
R. F. D. ROXBURY,
CONN., U.S.A.

TEL. & TEL. WOODBURY 122-2

Dear Agnes
From
your list of colours
you must be a
parcheesi hound.
But its purple, not blue

I too, am very fond
of my parcheesi

2/ colour scheme
i.e. the size & (area)
intensity of each
colour (I guess you get it)
Please do send
the things back to
New York &
You can have the
one from Hartford
for 100 —
But if you make
me work in pastel
shades its 125 —
(I hope this wont
create a dilemma)
And your credit
can be quite long
drawn out and gentle

3/ I'm too much of
a truck driver already
to come over
— you must excuse
me! — But there
seems to be so much
time spent concentrating
on keeping out of
the gutter that at
times I hate the car.
If you go to
Middletown via Hartford
you certainly circum-
navigate us with
a vengeance!
Next time
go thru New milford
and follow my map

4
CONN., U.S.A.
TEL. & TEL. WOODBURY 122-2

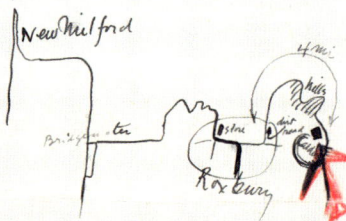

New Milford
Bridgewater
Roxbury

Bring miss Low ebb

Yours
Sandy

CALDER
PAINTER HILL ROAD
R. F. D. ROXBURY.

亚历山大·考尔德致艾格尼丝·林奇·克拉夫林
1936 年 6 月 6 日

　　1926 年，亚历山大·考尔德第一次来到欧洲，并自此开始定期往返于法国和美国。作品《考尔德马戏团》（*Cirque Calder*）是由金属丝、布料、橡胶、软橡木等材料制成的微型马戏场景，让考尔德在战乱时期的巴黎先锋派艺术中小有名气。1930 年 10 月，考尔德因拜访皮特·蒙德里安的画室，开始尝试抽象画，后又开始创作机械的抽象雕塑，马塞尔·杜尚就他的作品提出了"动态"的概念。1933 年 6 月，考尔德携夫人路易莎离开巴黎，到达纽约。他们在康涅狄格州罗克斯伯里购置了一所殖民地时期的农舍，考尔德在那里成立了自己的画室。罗克斯伯里农舍里宾客络绎不绝，其中包括艾格尼丝·林奇·克拉夫林（波基普西市瓦萨学院一位年轻的历史学教授）。两人的友谊似乎缘起于 1936 年夏，克拉夫林饶有兴趣地委托考尔德创作一幅"动态"或"静态"作品（立式而非悬挂式作品）。考尔德由克拉夫林喜欢的配色联想到巴棋戏，用不同颜色的方形和圆环制作了巴棋戏棋盘。1944 年，克拉夫林向考尔德抱怨，自己"不知道穿什么"参加聚会，于是考尔德为她制作了一款现代主义风格的头冠——"防火面纱"（纽约考尔德基金会），弯曲的铁丝末端坠有金属字母。

- -

美国康涅狄格州罗克斯伯里（乡村地区免邮）画家山路
考尔德
电话及传真，伍德伯里 122-2

亲爱的艾格尼丝：

　　通过你的配色表，我发现你一定很喜欢玩巴棋戏。但它是紫色，不是蓝色［。］
　　我也很喜欢巴棋戏的配色，喜欢每种颜色的尺寸（区域）和强度（我相信你也是）！
　　请务必将东西寄回纽约［，］
　　你从哈特福特得到只要 100——
　　但如果你要我用柔和淡雅的色彩创作，就需要 125——
　　（我希望这不会给你带来麻烦）
　　你的贷款期限延长了很多，比较容易管理［。］
　　卡车司机已经过来了——你必须原谅我——但我似乎花了太多时间将这些杂事抛诸脑后，有时我很讨厌汽车！
　　如果你途经哈特福特前往米德尔顿，那你一定是在故意避开我们！
　　下一次经过新米尔福，按照我的地图走［，］
　　可以帮你缩短路程［。］

你的朋友桑迪

承寿而

謝以養大風盦風寒太便

閙塞坐外晚小便少消渴白

主不寫然山性氣在呼吸

備已方楝不三望

省房丑疾上

庚邨晚生

朱耷致方士琯

1688~1705 年

朱耷（号八大山人）是明朝宗室后裔。1644 年，清军占领北京，推翻了明朝，年仅 18 岁的朱耷被迫逃离家乡南昌。后来，朱耷成了僧人、诗人、画家。由于他与前朝有牵连，无法在清朝谋得一官半职。1680 年，据说他一蹶不振，一把火将撕碎的僧袍烧了。"疯癫和尚"朱耷成了艺术家，四处游历，因其表达夸张、书法式的山水花鸟画而闻名。随着生活环境和心境的改变，朱耷更换了多个别号。1681~1684 年，他在书画作品上的署名为八大山人，这个别号也出现在他给好友方士琯的信笺中。

方士琯保存了大量朱耷六七十岁时手书的信笺，当时山水画是其主要的创作形式。朱耷标志性的风格是留白和干皴手法，喜欢以简洁的笔法、最少的着墨，创作出完整的图景，包括树木、海岬、天空、海中航船等。朱耷等书法家的信件具有极高的价值。无论书信的内容多么乏善可陈（本信中朱耷抱怨自己便秘和尿潴留），依然被视为艺术家极为自然、私密的艺术表现形式。

承顾，未得面谢。弟以前日大风，感冒风寒，大小便闭塞，至昨晚小便少得涓滴，而未可安眠也。性命正在呼吸，摄生己验之方，拣示一二为望。

八月六日，力疾上鹿邮先生，八大山人顿首。

qui est plus sec que Kew. qui
pensait qu'il n'était pas néces=
:saire de quitter l'angleterre
qu'à Bornemouth ou l'Ile
de White ce serait-très bien.
Ce n'est en somme qu'une
opinion, ces gas ont-cru que
l'on voulait- les empêcher
d'aller en Espagne. Cela m'est
égal l'Espagne si cela convient.
En somme le vrai mal est
enrayé et-tu as dû voir par
la lettre de S. Simon qu'il
n'en paraissait-pas inquiet,
Je n'ai pas assez d'argent
pour payer 80 à S. Simon
ce sera à mon retour.
Tu as dû recevoir 500 de
Durand.
Le Dr de Londres dit-que
dans une quinzaine les gas
pourront partir, car tu sais
qu'il ne faut pas prendre froid
quand on est sous l'influence
de Mere. Sol ou Bella.

Voici la lettre Lucien.

je vous embrasse tous
ton mari aff.
C. Pissarro

Peux tu m'envoyer mon shall.
en Couverture. pour partir
il commence à faire froid.

卡米耶·毕沙罗致朱莉·毕沙罗
1896 年 10 月 25 日

　　卡米耶·毕沙罗是一位年轻的法裔犹太人画家，生于加勒比海圣托马斯岛。朱莉·瓦雷是葡萄种植者的女儿，生于勃艮第，被毕沙罗的父母雇来当帮厨。两人 1860 年相遇。毕沙罗起初是自学绘画，后在巴黎的瑞士学院学习，与克劳德·莫奈、保罗·塞尚同窗，并在沙龙中崭露头角。在相识后的 24 年间，朱莉和毕沙罗共同孕育了八个孩子。1871 年，两人正式成婚，然而，由于正值普法战争，他们不得不暂时流亡伦敦。1896 年，毕沙罗在鲁昂英格兰酒店写信给朱莉，谈及儿子乔治的健康问题、英格兰发现的海滨理疗法、其父寄来的信件等内容。毕沙罗还在信封中随附了成年儿子吕西安的书信。吕西安在父亲的教导下，也成了一名艺术家，于 1890 年永久定居在英格兰。

　　毕沙罗是唯一从未缺席 1874~1886 年八次印象派画展的画家，因此有时被尊称为"印象派之父"。19 世纪 80 年代中期，他与保罗·西涅克（参见第 51 页）、乔治·修拉见面后，借鉴了点彩派的绘画技巧，即混合绘制多种颜色的小圆点。1896 年，毕沙罗又回归到笔触粗犷、着色模糊的印象派画风，以《鲁昂萌蔽的早晨》（*Morning: An Overcast Day, Rouen*）为例，描绘了从英格兰酒店房间向窗外眺望时看到的博耶尔迪乌桥。

　　毕沙罗向朱莉抱怨自己患重感冒，没办法创作，因此出现了资金紧缺的问题。他估计朱莉已经从画商杜兰-瑞尔那里拿到了报酬。毕沙罗表现得好像对顺势疗法药物了解甚多。乔治·修拉显然服用了稀释过的水银和颠茄，这些药物常用于治疗耳部感染和咽喉痛。

- - -

　　[医生]认为没必要离开英格兰，因为待在伯恩茅斯或者怀特岛郡也很好。终究，这只是一个建议，孩子们认为他们不必去西班牙。对我而言，没有什么区别，如果说西班牙是最适宜居住的地方。简而言之，现实存在的健康问题已得到解决，你一定也从 L. 西蒙的信中发现了，似乎他不再那么忧心忡忡。

　　我没有足够的钱付给 L. 西蒙，那 80 法郎只有等到我回来再付给他了。你或许已收到杜兰支付的 900 法郎。

　　伦敦的医生说孩子们两周后便可以离开，你知道，在耳部感染和咽喉痛的情况下，孩子们一定不能再着凉。

　　这是吕西安的信，无比爱你们。

你亲爱的丈夫卡米耶·毕沙罗

你能否将披肩［？］或毯子寄来，因为再过段时间天气就会转凉。

15 janvier ou environ.
ma chère Suzanne

Merci énormément pour t'occuper de toutes mes affaires
— mais pourquoi n'aurais tu pas pris aussi mon
atelier pour habiter. J'y pense justement maintenant
—mais je pense que peut être ça ne t'irait pas.
En tout cas, le bail finit 15 Juillet et si tu
reprenais, ne le fais qu'en proposant à
mon proprio. de louer 3 mois par 3 mois comme
cela je passe ordinairement; il accepterait
sûrement. Peut être père ne serait pas mécontent
de regagner un terme si c'est possible que tu
quittes La Condamine pour 15 Avril. — But
I don't know anything about your
intentions and je ne veux que te
suggérer quelquechose. ———— chez moi
Maintenant si tu es montée tu as vu
dans l'atelier une roue de bicyclette et un
porte bouteilles. — J'avais acheté cela comme
une sculpture toute faite. Et j'ai une intention
à propos de ce dit porte bouteille : Ecoute.

Ici, à N.Y., j'ai acheté des objets
dans le même goût et je les traite comme
des "readymade", tu sais assez d'anglais
pour comprendre le sens de "tout fait"
que je donne à ces objets — Je les signe
et je leur donne une inscription en
anglais. Je te donne qques exemples:
J'ai par exemple une grande pelle à neige
sur laquelle j'ai inscrit en bas: In advance
of the broken arm. traduction française: En
avance du bras cassé ne t'acharne
pas trop à comprendre dans le sens
romantique ou impressionniste ou cubiste.
— Cela n'a aucun rapport avec;
un autre "readymade" s'appelle: Emergency
in favor of twice. traduction française
possible: Danger (crise) en faveur de 2 fois.
Tout ce préambule pour te dire :
Prends pour toi ce porte bouteilles. J'en fais
un "Readymade" à distance. Tu inscriras en
bas et à l'intérieur du cercle du bas, en petites lettres
peintes avec un pinceau à l'huile en couleur
blanc d'argent la phrase inscription que je vais
te donner ci après. et tu signeras de la
même écriture comme suit :
[d'après] Marcel Duchamp.

马塞尔·杜尚致苏珊娜·杜尚
1916 年 1 月中旬

马塞尔·杜尚有五个兄弟姐妹，其中三位是艺术家。妹妹苏珊娜·杜尚与他关系最好，经常让哥哥为她的画提建议。第一次世界大战爆发后，杜尚为了逃避兵役，乘船前往纽约。那时，他在纽约已小有名气。苏珊娜则留在巴黎，成为一名护士。杜尚以对待同行的口吻写信给苏珊娜，因为苏珊娜至少会尽力理解他在创作观念上的奇特转变。他将自行车轮、瓶架、雪铲等日常物体指定为雕塑，并称这些物品为"toute faite"（法语，意为现成品）。该词在本信函中首次出现后，在 21 世纪艺术应用和批判理论领域引起广泛讨论。杜尚对苏珊娜帮忙看管自己在巴黎的旧画室表示感谢，并提议与妹妹远程合作，让她根据自己的要求在瓶架上做记号，完成一件"现成品"。直到多年后，杜尚才发现苏珊娜已经将瓶架当作垃圾扔掉了。

亲爱的苏珊娜：

感谢你帮忙照看我的东西——但你之前为什么不住进我的画室里呢？我刚想起来，但我觉得你也许不愿意住。无论如何，租期到 7 月 15 日，如果你想住的话，你可以要求我的房东按照一次续租三个月的惯例租给你；他一定会同意。如果你在 4 月 15 日前离开康达迈恩［街］，那么父亲可能会不介意承担一个月的租金——但我对你的打算一无所知，我只是想给你一些建议——

现在，如果你去我的画室就会看到自行车轮和瓶架。我买这些是为了将其作为现成品雕塑。而且对于瓶架我有一个想法，听我说。

我在纽约买了相同的物品，将其视为"现成品"。你的英文很好，可以理解我说的"现成品"的含义。我在这些物品上署名，并题上英文。我给你举一些例子：

比如，我有一个大雪铲，我在其底部写上：In advance of the broken arm（打断胳膊之前），翻译为法语是：En avance du bras cassé。不要花力气以浪漫主义或印象主义的概念去理解它——它与两者没有任何联系。

另一件"现成品"名为：Emergency in favour of twice（发生两次的紧急事件），翻译成法语可能是：Danger (Crise) en faveur de 2 fois。这一整段话是为了说：

你去拿这个瓶架。我将远程让它变成一件"现成品"。你需要用油画笔刷蘸上银白色颜料，在瓶架的底座和底部圆环内侧写上小字母。文字我下次会给你，然后你用同一只手这样署名：

［模仿］马塞尔·杜尚

about 9th 1944
C. P. late aft.

Dear
Joseph:

Sometimes
I think that the only true
and satisfactory means of contact with those
we love is by writing rather than talking.
So it seems to me that our letters are far
more the real barometer of our feelings
than when we speak for a few over-
charged moments in New York. Certainly
you will agree that the atmosphere there,
in most cases, is electric and artificial.

And yet, warring and
struggling as I am nearly all of my
waking moments, with the problems of au-
thenticity and value, it is not always
that I am fit to write a letter of any
kind. I want the letters I write to you
to have a real clarity which I feel I
am ill equipped to give them. My dreams,

多萝西娅·坦宁致约瑟夫·康奈尔
1948 年 3 月 3 日

1944 年，多萝西娅·坦宁第一次举办个人展，并与约瑟夫·康奈尔（参见第 81 和 91 页）在纽约朱利恩·列维画廊初遇。康奈尔自从 1932 年在该画廊举办了里程碑式的超现实主义画展后，一直在此展出他的抽象拼贴画和独具特色的木盒装置。"他显得枯瘦、苍白，令人惊讶的是，他通常坐得有些远。"坦宁回忆道。康奈尔喜欢坦宁画作中的梦境意象，并评价其为"纯洁、透明的事物"。1946 年，坦宁与马克思·恩斯特结婚，迁往亚利桑那州，但她仍与康奈尔保持着通信。坦宁告诉康奈尔自己梦到了身披绸缎的王子、一只鹰和"一切皆可能"的屋子，这与她作于 1942 年的自画像作品《生日》（*Birthday*，费城艺术博物馆）相呼应。

亲爱的约瑟夫：

有时候，我认为，我们与爱的人交流时，唯一真实且感到满足的方式，是写信而不是面对面交谈。所以，对我而言，比起我们在纽约时的密集交谈，信件更能够真实地传达情感。你一定同意，那里的环境 [纽约]，多数情况下，充满了电和人造元素。

但是，我清醒时几乎每时每刻都在动摇和挣扎中度过，还要面对真实性和价值观的问题，并不是所有类型的信件我都可以写好。我希望写给你的信逻辑清晰，然而我仍觉得有所欠缺。我的梦、我的模糊印象以及我的人生是如此错综复杂，让我有时无法确定现实是否存在。人们很容易一时陷入抑郁，一时狂喜无比。衡量标准在哪儿？可能有些愚蠢，但我认为标准是诗歌和厌恶感。我想让诗歌进来，将厌恶感拒之门外。在我认识的人中，只有你某种程度上能够做到 [……]

昨天夜晚，我梦到了儿时电影中的小王子。他大约 12 岁，身穿紧身短上衣、长筒丝袜和缎面鞋 [……] 我梦到他有一只宠物鹰。鹰飞进一个漆黑的大房间，一切皆可能发生，小王子突然出现，托起鹰，这时鹰开口说话了。鹰简单地说："他们违抗你。"……不知为何我成了小王子，我将鹰放在肩上，它在我的耳边悄声低语，它的话很难理解，很遗憾，我记不得内容！梦境通常都以这种方式戛然而止，就像魔法时刻一样。

非常感谢那张娃娃照片，你知道我非常喜欢这个娃娃。谢谢雪中的鸟儿，很可爱。期待你的来信，请一定继续给我写信，约瑟夫。

马克思祝你安好。

爱你的多萝西娅
亚利桑那州塞多纳市摩羯山

第二章

"好似在梦游"

艺术家信件往来

Mon cher Vincent

Nous avons accompli votre désir, d'une
autre façon il est vrai mais qu'importe
puisque le résultat est le même. Nos
2 portraits. n'ayant pas de blanc
d'argent j'ai employé de la céruse
et il pourrait bien se faire que
la couleur descende et s'abourdisse. Du
reste ce n'est pas fait au point de vue de
la couleur exclusivement. je me sens
le besoin d'expliquer ce que j'ai voulu
faire non pas que vous ne soyez apte à
le deviner tout seul mais parceque je
ne crois pas y être parvenu dans mon
œuvre. Le masque de bandit mal
vêtu et puissant comme Jean Valjean
qui a sa noblesse et sa douceur
intérieure. Le sang en rut
inonde le visage et les tons de forge en feu
qui enveloppent les yeux

indiquent la lave de feu qui
embrase notre âme de peintre.
Le dessin des yeux et du nez
semblables aux fleurs dans les tapis
persans résume un art abstrait
et symbolique. ce petit fond
de jeune fille avec ses fleurs
enfantines est là pour attester
notre virginité artistique. Et ce
Jean Valjean que la société opprime
mis hors la loi, avec son amour
sa force, ne m'est-il pas l'image
aussi d'un impressionniste aujourd'hui.
Et en le faisant sous mes traits
vous avez mon image personnelle
ainsi que notre portrait à tous
pauvres victimes de la société
nous en vengeant en faisant le
bien. ah! mon cher Vincent
vous auriez de quoi vous divertir

à voir tous ces peintres d'ici
confits dans leur médiocrité
comme les cornichons dans le
vinaigre. Et ils ont beau être
gros longs ou tordus à verrues
c'est toujours et ce sera toujours
des cornichons. Eugène, viens
voir! Eugène c'est habert,
habert c'est celui qui a tué
Dupuis vous savez... Et sa
jolie femme et sa vieille mère
tout le bordel quoi! Et
Eugène peint, écrit dans les
journaux, voyage gratis en
Première, Monsieur. Il y a
de quoi rire ici à en pleurer
En dehors de son art quelle sale
existence et est-ce vraiment
la peine que Jésus soit mort
pour tous ces sales peintres.
En tant qu'artiste oui

en tant que réformateur je
ne crois pas. Le copain Bernard
travaille et tire des plans pour
venir aussi à Arles. Caval que
vous ne connaissez pas mais qui
vous connaît par vos lettres et
nos racontars se joint à nous
pour vous serrer la main

à vous

Paul Gauguin

Soleil ardent qui passe
arrête ta course ... scabreux! pour une
je veux ... impasse mon
peindre ta face. Orange doux!

保罗·高更致文森特·凡·高
1888 年 10 月 1 日

保罗·高更与凡·高一样，是一位大器晚成的画家。他先是在法国海军服役，然后做了一段时间的股票经纪人。19 世纪 70 年代中期，高更开始举办个人画展。到了 1879 年，他随印象派画家一同参展，其作品受到凡·高的弟弟画商提奥的赏识。1888 年 6 月，提奥答应给高更一笔酬金，请他每月为自己创作一幅作品。另一个条件是，他必须接受凡·高的邀请前往法国南部的阿尔勒，帮忙照顾精神状态愈发不稳定的凡·高。然而，此时的高更已来到法国北部阿凡桥派的艺术家聚居地。"我爱布列塔尼岛，"高更在信中写道，"当我的木底鞋踩在花岗岩礁石上，我听见一种沉重而有力的敲击声，那正是我画中需要的东西。"他和青年画家埃米尔·伯纳德将各自的肖像画（凡·高博物馆，阿姆斯特丹）寄给了凡·高。高更将画像命名为《悲惨世界》（*Les Misérables*），此前维克多·雨果著有同名小说，主人公为小偷冉·阿让。高更知道如何引起凡·高的共鸣，他说，我们艺术家就像阿让，"都是社会的受害者，无奈只有力行义举以达复仇之心愿"。在阿尔勒的"黄房子"内，凡·高正激动且略带急切地为三周后抵达的高更（参见第 47 页）做着准备。

亲爱的文森特：

我们满足了你的要求；以不同的方式，货真价实，但那又如何，既然结果是一样的？我们的两幅肖像画。由于没有银白颜料，我使用了铅白，颜色很可能会越来越黑，越来越暗淡。此外，画作并不是从色彩层面出发创作的。我觉得有必要解释我在尝试些什么，这不是因为你没有能力思考，而是我认为我没能如愿在作品中表现它。画中的小偷戴着面具、打扮不入流却很强大，和冉·阿让一样，他的灵魂是高尚的，内心是温柔的。他的脸上充满热血，眼睛周围呈现出打铁匠般的色调，暗示着赤红的炭火是如何将画家的灵魂点燃的。画中的眼睛和鼻子，就像波斯地毯的花朵图案，浓缩了抽象和象征性的艺术。略显少女风的背景中点缀着孩子气的花朵，仿佛是为了验证我们艺术的纯真。还有冉·阿让，受社会迫害且被孤立；他拥有大爱和力量，难道不正是印象派的缩影？通过在他身上添加了我的特征，你有了我的个人画像，以及我们所有人的肖像，我们都是社会的受害者，无奈只有力行义举以达复仇之心愿——啊！我亲爱的文森特，你将会开心得合不拢嘴，所有的画家都聚集于此，就像黄瓜浸在醋坛子里一样，沉浸在自己的平庸之中。一切别无二致，无论他们是否发胖，是长发还是卷发，是否长疣子，他们仍然并一直是笨黄瓜 [……]

你的朋友保罗·高更

[……]

Eh bien cela m'a énormément amusé
de faire cet intérieur sans rien.
D'une simplicité à la Seurat.

le dessin ...

A teintes plates mais grossièrement brossés
en pleine pâte les murs lilas pâle
le sol d'un rouge rompu et fané les
chaises et le lit jaune de chrome les oreillers
et le drap citron vert très pâle la couverture
rouge sang la table à toilette orangée
la cuvette bleue la fenêtre verte.
J'avais voulu exprimer un repos
absolu par tous ces tons très divers
voyez et où il n'y a de blanc que
la petite note que donne le miroir à
cadre noir (pour fourrer encore le quatrième
paire de complémentaires dedans).
Enfin vous verrez cela avec les autres et nous
en causerons car je ... ... souvent

文森特·凡·高致保罗·高更
1888 年 10 月 17 日

在巴黎，凡·高看到了日本木版画，并对此深深着迷，但他无法承担前往日本的费用。1888 年 2 月，凡·高出发前往法国南部，希望找到离家较近的日式风光。他在阿尔勒租下"黄房子"，鼓动保罗·高更（参见第 45 页）来访。凡·高相信，画家可以通过颜色精确地表现出不同的情绪，例如，《卧室》（*The Bedroom*，凡·高博物馆，阿姆斯特丹）表达了"绝对的宁静"。然而，高更抵达后，"黄房子"的生活不复平静。起初，两位画家建立了积极的关系，后来情况急转直下。在一次激烈的冲突后，凡·高割下了自己的耳朵。

亲爱的高更：

感谢你的来信，感谢你承诺在本月 20 日之前抵达这里。我们都知道，你给的原因并不能给火车之旅带来欢乐，唯一正确的做法是推迟出行，直到你不会觉得无聊透顶。但是除此之外，我几乎有些嫉妒你了，因为旅途中你会看到绵延不绝、绚烂多姿的田园秋色。

我仍然记得，去年冬天巴黎到阿尔勒之旅给我带来的感受。当时怎么能看到"与日本一样的景色"！听上去有些幼稚，不是吗？先写到这，我过几天再写给你，我的眼睛奇怪地有些疲倦了。好的，我休息了两天半，然后再回去工作，但还不能出门，我要再创作一幅 30 号画布的装饰画，描绘那间摆放着银冷杉家具的卧室。啊，填满光秃秃的室内就足以让我乐在其中了。[房间]采用修拉的简洁风，色调平淡，我粗糙地用笔刷对其进行了厚涂，墙壁是浅莲灰色，地板是锈红色，椅子和床是铬黄色，枕头和床单是很浅的柠檬黄，床罩是血红色，梳妆台是橙色，洗脸盆是蓝色，窗户是绿色。我希望用这些截然不同的色调，表达出一种绝对的宁静，你看，画中唯一的白色是黑框镜子的反光（增加了第四对互补色）。

反正，你到时候会看到的，还有其他的房间，我们以后再商量。因为我常常不知道自己在做什么，创作时仿佛在梦游。

天气开始转凉，特别是密史脱拉风刮来的日子。

我在画室里准备了煤油灯，这样我们在冬天也能有很好的光线。

如果你抵达时恰逢密史脱拉风，也许你对阿尔勒的幻想会就此破灭，但是不要急……长远来看，这里充满了诗意。

你可能觉得房子还不够舒服，但我们可以慢慢试着改造。其间会产生大量花费，无法一蹴而就。无论如何，我相信你一来到这里，就会像我一样，伴随着密史脱拉风，疯狂着迷于描绘秋日景色。你会明白我为什么坚持让你现在来这里，此时的景色真是太美了。再见了。

你忠诚的朋友文森特

塞巴斯蒂亚诺·德·皮翁博致米开朗琪罗·博纳罗蒂
1519 年 12 月 29 日

　　16 世纪早期，多位顶级意大利画家和艺术家被选中参与罗马多项极具声望的工程，其中包括米开朗琪罗和威尼斯画家塞巴斯蒂亚诺·卢奇亚尼（后被任命为教皇印玺的掌管者，被称为德·皮翁博）。两位艺术家既是朋友，也是同事，对于脾气暴躁的米开朗琪罗，这种创作上的亲密关系非同寻常。1516 年，朱里奥·德·美第奇委托塞巴斯蒂亚诺绘制《拉撒路的复活》（*Raising of Lazarus*，英国国家美术馆，伦敦），米开朗琪罗负责先画出其中的人物。同时，朱里奥还委托拉斐尔绘制《主显圣容》（*Transfiguration*，梵蒂冈博物馆，罗马），让两位艺术家与拉斐尔竞争，这是一次天才之间的较量。

　　《拉撒路的复活》即将完成之际，米开朗琪罗回到佛罗伦萨。塞巴斯蒂亚诺知道他的伙伴或许正因为超负荷工作而疲惫不堪，但只有米开朗琪罗验收作品后，朱里奥才会支付尾款，因此塞巴斯蒂亚诺在信中强调了他对酬金的迫切需要。

　　我最亲爱的朋友，距离上次收到你的来信已经有很多天了，非常感激你同意做我儿子的教父，这是我的荣耀。至于那些女士礼仪，它们并不是我家的风俗；对我而言，只要你是我的朋友就够了。我会把［洗礼］水连同下一封信寄给你。

　　宝宝几天前受洗了，我为他取名卢奇亚诺，我父亲的名字［……］

　　除此之外，我写信是为了告诉你，我已经完成了这幅画，并将它送往王宫。每个人似乎都很喜欢它，很少有人表达不满，但是有些身居要职的官员没有给出明确评价。最可敬的蒙席［朱里奥·德·美第奇］告知我，他对作品非常满意，超出了他的预期，这让我心满意足。我相信，与来自弗兰德斯的那些挂毯相比，我的画设计得更加精妙。

　　现在，我已经完成了我的工作，所以试图拿到尾款。最可敬的蒙席告诉我，经多梅尼哥先生同意，他希望由你来验收作品。所以为了尽快解决问题，我想请尊贵的蒙席［教皇利奥十世］来处理此事，但他并不想插手此事。我向他展示了整个工作的开支，他让我寄给你看看。我已附在了信中。我恳求你，帮我一下，看过之后不要提出任何质疑，因为最可敬的蒙席和我愿意信任你。从工作开始的时候你已经看到了，现在画中除去背景中的人，共有 40 个人。此次工作中，有一幅画是为兰贡内所作，算在了费用之内，多梅尼哥先生看到了，并知道它的尺寸。我没有其他要说的了。我的朋友，恳求你，尽快回复这封信，在最可敬的蒙席离开罗马之前，因为，告诉你真心吧，我已身无分文了。愿主耶稣保佑你身体健康。帮我向多梅尼哥先生美言几句，我无数次向你毛遂自荐。

你在罗马最忠诚的朋友、画家塞巴斯蒂亚诺
致佛罗伦萨的雕塑家米开朗琪罗勋爵

cher Monsieur Monet, mes très
respectueuses et si cordiales amitiés.

Paul Signac

Un bon souvenir aux Butler. Je
vous prie, s'ils sont auprès de vous.

Chemin de Richelieu
La Rochelle.   21 Juillet 1920

Cher Monsieur Monet.
    Bonnard, que vous verrez certainement,
vous dira quel triste hiver j'ai passé –
après ma rude maladie de Février
je n'ai pu retrouver mes forces. J'ai
traîné à Paris, jusqu'en Juin, sans

pouvoir ni travailler, ni causer, ni marcher.
Je n'ai sûr pu profiter de votre bonne invi-
tation. C'eut été pour moi une si grande
joie de passer une belle journée à Giverny,
près de vous, et de voir vos grands travaux.
Veuillez m'excuser; j'ai grand chagrin de
ce déboire.

    Les médecins m'ont envoyé au
Mont-Dore! Mais à l'idée de la table
d'hôte de cette station thermale, j'ai
fui: et j'ai préféré faire une cure
d'aquarelles dans ce port aux voiles
bigarrées, aux coques multicolores,
à la lumière argentée, et d'un pittoresque
à faire écumer un cubiste ou un
néo-David. Et je me trouve bien
de ce traitement = les forces
reviennent et le travail reprend.

        Je vous adresse,

保罗·西涅克致克劳德·莫奈
1920 年 7 月 21 日

老年时的克劳德·莫奈(参见第67页)是一位慷慨的人,他会定期邀请艺术家、作家、收藏家和政客来自己位于吉维尼的家庭工作室和花园里共进午餐。在这封信中,保罗·西涅克对无法接受莫奈的邀请表示很遗憾。1880 年,西涅克 17 岁,他第一次看到莫奈的画,并就此坚定了自己接受训练以成为画家的决心。40 年后,莫奈正在绘制"睡莲"系列油画,并将其作为"大型装饰画"赠送给法国政府,该系列作品具有深远的历史影响,是法国当时最著名的在世艺术家为祖国留下的不朽遗产。此时,西涅克的职业生涯同样风生水起。他与乔治·修拉倡导分色主义,或称点彩派,即用不同颜色的小圆点和斑块作画,让它们在观众的视觉中创造出混合效果。卡米耶·毕沙罗和文森特·凡·高(参见第 45 和 47 页)都很欣赏西涅克的绘画技法,并将其运用到了自己的画作中。

西涅克相信他和莫奈的共同好友皮埃尔·勃纳尔会帮忙解释,那时的他正身患疾病,是多么艰难。医生要求他在奥弗涅大区道尔山(现为滑雪胜地)进行温泉疗养,但是他无法在疗养院待下去。他原本打算在拉罗切利度假,最终却忙于创作——这个古老的港口是如此可爱,无论是立体主义还是新古典主义(指一战后复兴的古典主义)都希望将这番景色定格在纸面上。西涅克拥有自己的游艇,对游艇类型和船具装配充满兴趣,他在信头用水彩画了一艘港口里的帆船,描绘出用于捕鱼的长桅桁端。他在进行"水彩画疗法"时,还创作了《拉罗切利的帆船》(*Fishing Boats in La Rochelle*,明尼阿波利斯美术学院),描绘了海中同一型号帆船的侧视图,极富拉罗切利中世纪特征的塔楼在远处依稀可见。

尊敬的莫奈先生:

勃纳尔很快就会去见你,告诉你,我度过了一个多么难挨的冬天。我在 2 月身患重病后,一直全身无力。我在巴黎一直待到了 6 月,没办法创作、写字,更不能出去散步。我不能接受你充满善意的邀请。如果能去吉维尼与您共度美好的一天,欣赏你的杰作,那是多么令人开心啊。请务必原谅我:很抱歉,我遇到了重重阻碍。

医生把我送去了道尔山!但是,一想到要在温泉浴场与其他病人一起用餐,我就逃走了。我决定在这个港口[拉罗切利]进行水彩画疗法,这里有着各种颜色的船帆、五彩斑斓的船体和波光粼粼的水面,无论是立体主义画家还是新古典主义画家,这如画的美景都让人流连忘返!我的治疗很有效——我的力量正在恢复,我正准备开始工作。

尊敬的莫奈先生,请允许我向你致以崇敬和热切的问候。

保罗·西涅克

请代我向巴特勒一家致以问候,如果他们还暂住在你那儿。

December 1936.

Comrades: *Pollack, Sandy, Lehman;*

Since I realize that there exists a misunderstanding on the part of some of you as to the provisional closing of the workshop and my present activities for my next exhibition, I believe that it is necessary to write this letter by way of explanation.

I would like you to remember our last meeting at 5 West 14th St. when we unanimously agreed to close our workshop as a place for daily ×××××××××××××××××××× production so as to give me time to prepare my personal exhibition, believing this exhibition could help our initial movement to further the understanding of the people about our technique. To further this plan we agreed that a small number of comrades who could devote most of their time would help me in the realization of my work.

I believe I explained everything very clearly at this meeting - that to realize my plan it would be necessary for me to seclude my-self for some time. And now I want to say that I am working in accordance with this plan, and at this time I am at more unrest with the problems of form in art than ever. I have not yet crossed the bridge of experimentation that will put me on the road to production, and for this reason I have not yet asked you all to come to my place and carry on a collective discussion of our realizations. However, the time is near, and I sincerely ask you to be patient with the assurance that before I leave the United States our workshop will open again under very different conditions from the lamentable misunderstandings which disrupted our work in the past.

Always your comrade,

Siqueiros

大卫·阿尔法罗·西凯罗斯致
杰克逊·波洛克、桑德·波洛克及哈罗德·雷曼
1936 年 12 月

　　20 世纪 20 年代，墨西哥画家大卫·阿尔法罗·西凯罗斯参加了墨西哥壁画运动，通过大型公共壁画项目对墨西哥历史进行全新的社会主义诠释。1925 年，西凯罗斯放弃了为墨西哥共产党绘画的全职工作，这个决定让他身陷囹圄，1932 年他流亡美国，在洛杉矶建立了"画家集团"，继续创作政治壁画；该组织成员有哈罗德·雷曼、菲利普·加斯顿（参见第 19 页）、桑福德（桑德）·波洛克及杰克逊·波洛克的哥哥。

　　1936 年，西凯罗斯搬到纽约。4 月，他在第 14 街的顶楼寓所创建了自己的现代艺术技巧实验室，鼓励年轻画家尝试合成颜料和非传统绘画技巧。与西凯罗斯工作室的其他画家一样，桑德和杰克逊·波洛克（参见第 115 页）也参与了"联邦艺术计划"（大萧条时期，政府雇佣失业的艺术家完成公共项目）。他们与西凯罗斯一起为纽约的 5 月游行制作大型花车。

　　西凯罗斯写信给波洛克和雷曼，解释工作室暂时关闭的原因。他需要自我"隔离"以专注新的工作，也或许是想要逃离难以名状且"令人沮丧的误解"。第二年，西凯罗斯离开纽约，前往西班牙，并在西班牙内战期间加入了共和军。

1936 年 12 月

同志们——波洛克、桑德和雷曼：

　　我发现你们中有些人对我暂时关闭工作室，以及我目前为下次个展进行的活动，存在着一些误解，所以我认为有必要写信解释一下。

　　请你们回想我们在第 14 街 5 号举行的最后一次会议。我们一致同意，关闭工作室，不再坚持每日创作，让我有足够的时间准备自己的个展，相信这次展览将对我们原本的运动有所帮助，让民众进一步了解我们的绘画技巧。为了推行这一计划，我们一致同意让少数时间充裕的同志帮助我实现我的作品。

　　我相信，我在会议中已经解释得非常清楚了——为了实现计划，我可能会自我隔离一段时间。现在，我想说的是，一切正在依计划实施，而这次，我对艺术形式的问题感到从未有过的不安。我还没有通过实验之桥走上创作之路，因此我没有要求你们来我这儿对实现绘画技巧进行集体讨论。然而，展览时间快到了，我真诚地请求大家耐心一点——我保证在离开美国之前，工作室会重新开张，情况会完全不同，令人沮丧的误解会打乱我们之前的工作。

你们永远的同志 D.A. 西凯罗斯

montrouge (Seine)
22 Rue Victor Hugo

Mon cher Cocteau
Je suis bien triste
de vous savoir malade.
J'espère que vous
irez bien bientôt et
que je vous verrai.

A montparnasse mercredi
prochain festival en
honneur du musicien
Je compte vous voir.

J'ai des bonnes idées
pour notre histoire de
Théâtre - nous en parlerons
Bien à vous Picasso

巴勃罗·毕加索致让·谷克多

1916 年 11 月 16~19 日

1915 年 6 月，巴勃罗·毕加索与让·谷克多（参见第 143 页）初次见面。第一次世界大战导致巴黎立体主义艺术家群体分裂，乔治·布拉克等艺术家进入军队服役。在谷克多的鼓励下，毕加索受到新先锋派艺术家群体的吸引，该团体的核心是经理人谢尔盖·达基列夫及其俄国芭蕾舞团。谷克多为毕加索的才华而倾倒。

谷克多 20 岁出头时，出版了自己的第一部诗歌集，后来才遇到了达基列夫、其舞者和艺术合作者。当时的欧洲观众认为，达基列夫的作品是现代的象征，他前所未有地融合了音乐、舞蹈和视觉艺术。谷克多起初为俄罗斯芭蕾舞团设计海报，1912 年为《蓝色上帝》（*Le Dieu bleu*）编写剧本，该剧由伟大的俄罗斯舞者尼金斯基主演。

毕加索加入前，谷克多早已开始酝酿芭蕾舞剧《游行》（*Parade*）。他希望自己的新芭蕾舞剧是一件"绝对的"艺术品；如果可以说服毕加索为该剧设计服装和场景，将立体主义艺术搬上舞台，那么公众必会惊叹于《游行》这种怪诞、极富革命性的当代艺术发展成果。1916 年 5 月，谷克多带着达基列夫到毕加索的画室拜访。8 月，毕加索同意加入其团队，作曲家埃里克·萨蒂和舞蹈指导莱奥尼德·马辛随后加入。当毕加索 11 月在蒙鲁日的新画室写慰问信给谷克多时，"剧场故事"还没有正式开始（1917 年 2 月所有合作者抵达罗马后才正式开始）。毕加索对应用和探索新的视觉影像始终充满兴趣，他用水彩设计装饰舞台边缘，产生的视觉效果更趋向于俄国芭蕾舞团的布料图案，而非立体主义的重复。

1917 年 5 月 18 日，《游行》在巴黎沙特莱剧场首演。剧中角色身穿大型立体主义结构的各色服饰，舞台垂幕堪称毕加索最大尺寸的画作，一位仙女优雅地站在飞马的背上。台下观众有现代艺术的狂热追捧者，也有来自西线战场的士兵，他们的反应符合（甚至高于）预期。

蒙鲁日（塞纳省）维克多·雨果街 22 号

亲爱的谷克多：

我很难过听到你生病了。我希望你能尽快恢复，这样我就能早点见到你。
下周三在蒙帕纳斯有一场为了纪念音乐家而举办的会演。
期待与你见面。我对于"剧场故事"有一个很好的想法——我们见面再谈。
祝好。

毕加索

Vermont
Thursday Aug 11

Dear Lee - I wish I could find some way
to tell you how I feel about Jackson. I do
remember my last conversation with you,
and that, then, I made some effort to tell you.
Unfortunately I had never found the occasion
nor really knew a way in which to
sufficiently indicate to him. Whatever
I may have meant to him, it would have
meant a lot to me to say so; especially
now that I realize I can never do it.

What I am trying to say, that,
particularly in recent months, and
in addition to his stature as a great
artist, his specific life and struggle
had become poignant and important
in meaning to me, and were a great
deal in my thoughts; and that the
great loss that I feel is not an
abstract thing at all,

马克·罗斯科致李·克拉斯纳

1956 年 8 月 16 日

1956 年夏季，李·克拉斯纳离开了她和杰克逊·波洛克在长岛斯普林斯的家，前往欧洲。两人的婚姻关系处于紧张状态，此次旅行的目的是为彼此留一些喘息的空间。7 月末，克拉斯纳在给丈夫的信中写道："我想你，多么希望你能在我身边。"（参见第 205 页）就在她原定归期之前，8 月 11 日，波洛克因醉酒死于一场交通事故。克拉斯纳回国操办丈夫的葬礼。

马克·罗斯科的悼念信在葬礼第二天寄出，信中表达了自己未能当面告诉波洛克他是"一位伟大的艺术家"的遗憾。这并不是艺术家之间的恭维之言。罗斯科在信中一再表示，到 1956 年，由罗斯科和波洛克引领的美国战后抽象表现主义运动已在历史上占有一席之地。他们的作品风格各异：罗斯科 20 世纪 50 年代初的画作由大块亮色的薄涂矩形构成，而波洛克主要采用书法的笔触和飞溅的颜料。两人作品由同一家纽约画廊代理，他们在艺术领域还有很多共同的朋友和同事（罗斯科提到了巴尼特·纽曼）。

克拉斯纳也是一位艺术家，但她将多数精力用于支持丈夫的事业。罗斯科安慰克拉斯纳，她的这些努力并没有白费。即使事实上，波洛克在过去 18 个月里没有任何创作成果，这使波洛克感到焦虑而无所适从。为了肯定波洛克充满创意的"努力"，罗斯科不断地重复自己的想法：他"不知道如何"去"表达"对波洛克的仰慕之情。为了不让"丧友之痛"听起来有些程式化，罗斯科告诉克拉斯纳，他的痛苦"并不是抽象的空谈"。

佛蒙特州

周四，8 月 16 日

亲爱的李：

我希望能找到某种方式告诉你，我对杰克逊的感觉。我记得，上次我与你谈话时曾努力向你表达过。不幸的是，我从未找到合适的场合，也不知道如何有效地表达。无论这些对他有何意义，对我而言，这样做意义重大；特别是当我意识到我再也无法告诉他了。

我想要说的是，特别是最近几个月，不仅是他伟大艺术家的地位，还有他的个人生活和努力，对我而言意义重大，让我不禁一再回想起他；而丧友之痛于我而言也并不是抽象的空谈。

我与托尼谈过了，他和巴尼特周三都去了你那儿。我希望我也能在那儿，为了我自己。

希望可以尽快见面，致以我最深的爱。

马克

爱德华·马奈致尤金·毛斯
1880 年 8 月 2 日

　　爱德华·马奈（51 岁逝世）自 40 岁起一直饱受淋病引起的急性关节疼痛的折磨。1880 年夏，他与妻子苏珊共同租住在一间位于巴黎郊区贝勒维的小屋，一边享受假期，一边疗养休息。1859 年，马奈的作品首次在巴黎沙龙亮相后，外界对他的评价毁誉参半。19 世纪 60 年代，围绕其作品《草地上的午餐》（*Déjeneur sur l'herbe*）和《奥林匹亚》（*Olympia*），出现了一些流言蜚语，受人关注。这两幅画既融合了"老大师"的作品风格，又含有直白的情色欲望。19 世纪 70 年代，马奈开始使用更明快的颜色和更轻柔的笔触进行创作，他的名字常常与年轻的印象派画家联系起来，但是他们从未一起办过展。

　　马奈在给比利时画家尤金·毛斯的信中，提到了一年前完成的《拉图莱父亲的餐厅》（图尔奈美术博物馆），画作描绘了室外咖啡桌上常见的调情场景。1880 年，马奈将这幅画提交给根特沙龙，希望这幅画的收益可以让他"好好照顾身体"。同时，他把毛斯称作自己的病友，建议他去北岸贝尔克的疗养胜地休息。在缺乏抗生素的时代，中产阶级出游主要是为了躲避肺结核等致命疾病。潮湿天气过去后，马奈似乎想要"弥补失去的时光"。他描绘了苏珊在户外休闲的场景，几天后又创作了室内静物画，并在给朋友的书信中，用水彩绘制了花园中的水果和花朵。

- - -

　　亲爱的毛斯，长途旅行会让你精疲力竭，这太愚蠢了。但是，你现在恢复了很多，所以旅行或许也不是一件坏事。我很高兴看到你的身体正在恢复，我确定，很快你就会完全康复——我在贝勒维的生活依旧很快乐，虽然有起有伏，但必须承认我很满足，而且我计划在这里待到 10 月底或 11 月 15 日。这段时间持续刮风下雨，我画得很少。我希望，天气转晴后我会产生疯狂创作的意愿，弥补失去的时光。

　　我将《拉图莱父亲的餐厅》寄给根特参加画展。我不指望获得成功，只希望这幅画能售出，因为我需要花费大量金钱来调养身体——我记得你提到的画像；那幅画是多年前创作的——现在一定在某位画商手中。

　　有什么消息请告诉我，致以最美好的祝愿。

爱德［华］·马奈

　　作为一家可以找到水疗法、医生等的海边疗养院，我推荐贝尔克。

21036   Pacific Coast Hwy
14th Sept 1988   Malibu   90265

213   456   9780

My dear Ken,

      I am now living in a lovely cosy little house on the very edge of Western Civilisation, — it ends about 12 inches from my window. I have a little studio here, and I'm painting portraits. I still have Montcalm of course + the laser printer is up there, — but my fax machine is here. so I can communicate in a new way with my friends. I love the way really advanced technology is bringing back the hand again, + another aspect of intimacy from new technology. With love. the new use of the phone is terrific for deaf people. I see the messages now.

           much love

Fax   456   6391

大卫·霍克尼致肯尼斯·E.泰勒
1988 年 9 月 14 日

页眉"DH AT THE BEACH"（大卫·霍克尼在海滩）暗示了这份传真是霍克尼从 20 世纪 80 年代于马利布购置的"温馨小屋"发送的，"温馨小屋"中配有小画室，是他除好莱坞山蒙特卡姆大道家庭工作室外的另一个办公地点。"我在这里，"霍克尼说，"全世界最大的游泳池旁。"数米之外，太平洋就像"火焰和烟雾，变化无穷，令人神魂颠倒"。霍克尼对新科技在图像绘制方面的应用颇感兴趣，一直在用复印机、拍立得相机和激光印刷机进行实验。当时，传真机在办公室得到了广泛应用，于是霍克尼大胆地尝试用传真机进行艺术创作，这也解决了他初期耳聋引发的困扰。霍克尼开始使用多页传真的形式作画，画廊在他的要求下安装了传真机，这样他本人无须出面就可以完成创作。1989 年，在圣保罗双年展中，他用这种方式发送了展会内的所有展品。

霍克尼早期痴迷于传真机时，曾写信给版画大师肯尼斯·E.泰勒。泰勒是一位在版画技术领域呕心沥血的革新者，曾与多位艺术家合作，如海伦·弗兰肯特尔、贾斯珀·约翰斯、罗伊·利希滕斯坦、罗伯特·劳森伯格等。霍克尼自 1965 年从英国来到洛杉矶起，与泰勒就《好莱坞藏品》（A Hollywood Collection）平版印刷组画维持了长期的密切联系。1978 年，泰勒与霍克尼合作完成了由压制有色纸浆制作的版画；后来，他又创作了两米高的版画《加勒比茶叙》（Caribbean Tea Time，1985~1987 年）。"尽管我总是有很多高科技装置，"霍克尼于 1988 年回忆称，"我实际上是低端科技的信徒。我总是相信手、心和眼。"30 年后，霍克尼仍在探索艺术创作的最新科技，在平板电脑上作画，并不断肯定平板电脑在"亲密感"和"回归双手"方面的反直觉能力。

太平洋海岸公路 21036
马利布 90265

亲爱的肯：

我现在住在位于西方文明边缘地区的、可爱温馨的小屋里——我的窗户距离海边仅有三米多。我在这儿有一个小工作室，近来在创作肖像画。当然，蒙特卡姆 [的家庭工作室] 还在，激光印刷机也在那儿——但我的传真机在这儿，所以我能够用这种新方式与朋友通信。我热爱前沿科技，它让人们回归双手——另一方面，新技术带来了亲密感。

给我写信吧，对于失聪人群而言，手机的出现太棒了。我现在可以看信息了。

非常爱你的大卫

MoUvEmEnt

DADA

BERLIN, GENÈVE, MADRID, NEW-YORK, ZURICH.

PARIS.

CONSULTATIONS : 10 frs

S'adresser au Secrétaire

G. RIBEMONT-DESSAIGNES
18, Rue Fourcroy, Paris (17e)

DADA
DIRECTEUR : TRISTAN TZARA

Dc O'H²
DIRECTEUR
G. RIBEMONT-DESSAIGNES

LITTÉRATURE
DIRECTEURS :
LOUIS ARAGON, ANDRÉ BRETON
PHILIPPE SOUPAULT

M'AMENEZ'Y
DIRECTEUR : CÉLINE ARNAUD

PROVERBE
DIRECTEUR : PAUL ELUARD

391
DIRECTEUR : FRANCIS PICABIA

'Z'
DIRECTEUR : PAUL DERMÉE

Dépositaire
de toutes les Revues Dada
à Paris : Au SANS PAREIL
37, Av. Kléber   Tél : PASSY 25-22

le 8 Novembre 1920.

Mon cher Stieglitz,

[handwritten letter signed] Francis Picabia

弗朗西斯·毕卡比亚致阿尔弗莱德·斯蒂格利茨
1920 年 11 月 8 日

　　达达主义始于第一次世界大战，是一群艺术家为推翻传统文化秩序而发起的反叛运动，因为传统文化秩序并未使欧洲免遭无意义的杀戮和破坏。一战后，达达主义的精神领袖兼发言人罗马尼亚艺术家特里斯坦·查拉来到巴黎，在另一位达达主义者弗朗西斯·毕卡比亚的家里做客。《凡尔赛条约》重新划分了欧洲势力，此时查拉正致力于仿效"达达世界"，一种对战后世界秩序的无政府主义重构。为实施该计划，毕卡比亚将让·谷克多（参见第 143 页）介绍给了查拉，谷克多反过来又将他们介绍给了金融家兼编辑保罗·拉菲特。保罗是法国电影院的早期投资者，并于 1917 年创建了海妖出版社。

　　1920 年 11 月，查拉和毕卡比亚开始为尚在筹划中的《达达世界》（Dadaglobe）选集寻求支持。信件印上了官方的"达达运动"抬头。达达主义仿照跨国公司的风格，将分部设在柏林、日内瓦、马德里、纽约和苏黎世，这一非政府的反独裁运动已有席卷世界之势。

　　毕卡比亚的工作是联系潜在的美国支持者。1915 年，毕卡比亚离开法国海军舰艇，在纽约住了一年，其间与摄影师阿尔弗莱德·斯蒂格利茨（参见第 145 页）合作。他适时地将斯蒂格利茨拉入自己的阵营。同时，马塞尔·杜尚（参见第 39 页）和与毕卡比亚分居的加布里埃尔正在努力填补"美国达达主义"在出版领域的空白。杜尚的朋友曼·雷回信并附上了三张肖像照片，斯蒂格利茨却没有回信。这是因为毕卡比亚的信件以惯例的邀请开头，表示希望收到散文或诗歌，而斯蒂格利茨认为自己无法提供合适的作品。

- -

达达运动

柏林、日内瓦、马德里、纽约、苏黎世

巴黎十六区

奥日埃街 14 号

我亲爱的斯蒂格利茨：

　　拉菲特是海妖出版社的总监，准备出版一部重要的图书。我想请问你是否愿意寄来诗歌、散文以及一张你自己的照片，为该书的出版添砖加瓦——如果你能出现在这部书中，那我会很开心，这部耗时颇长的力作必将成为最引人注目的出版物——我们将彼此支持，重新讨论我们早期的想法和憧憬——最美好的祝愿。

弗朗西斯·毕卡比亚

　　另外，你的肖像可以是画作，也可以是照片——

Dear Enno,

I just returned from Utah. I'm happy to hear you enjoyed my work in Emmen. But hope they will not destroy it. It seems that John Weber did not find time to visit my work — that is unfortunate, because I have so few photos of the work. Both Reeen + Zydstra have yet to let me know what going on. So, I really appreciate your serious concern and interest in the project. For one thing, the project is outside the limits of the "museum show"; there are a few curators who understand this. As Jennifer Light says, "art is less and less about objects you can place in a museum" the ruling classes are still intent on yet, turning their Picassos into capital. Museums of Modern Art are more and more banks for the super-rich.

罗伯特·史密森致恩诺·戴维林
1971 年 9 月 6 日

罗伯特·史密森年轻时在纽约加入的第一个流派是抽象表现主义。随后，20 世纪 60 年代中期，他开始转向极简主义，建造晶体金属和玻璃雕塑，并在其中融入粗矿石原料和工业碎石。史密森对大型土木工事充满兴趣，并以此形式弥补人类对风景的破坏。1970 年，史密森在犹他州大盐湖一处废弃的石油钻井工地旁，用石头、盐和泥土堆砌了作品《螺旋堤》（*Spiral Jetty*）。第二年，他在荷兰埃门附近建造了另一处包含两个建筑的作品《断裂圆环 / 螺旋山丘》（*Broken Circle / Spiral Hill*）。史密森认为当地博物馆馆长肖克·泽尔斯特拉应确保该工事得到保护，同时，他希望说服海牙市立博物馆的研究员恩诺·戴维林认可这一工事在当时艺术辩论形势下的重要地位，并负责看管该工事。两年后，史密森在视察得克萨斯州的工事现场时，因飞机失事身亡。

亲爱的恩诺：

我刚从犹他州回来。我很高兴得知你喜欢我在埃门的作品，但是希望人们不会毁坏它 [……] 所以，我真的很欣赏你对项目的认真态度和兴趣。有一点，该项目已经不属于"博物馆展出"的范围了。很少有策展人能够理解这一点。詹妮弗·利奇曾说："艺术越来越不可局限为能在博物馆展出的物品。"但是，统治阶级依然想要将毕加索的作品变成金钱。现代艺术博物馆越来越像超级富豪的银行 [……] 艺术应当不断发展，进而渗透到所有阶层。事实上，现在的艺术家就像殖民地的居民，受到层层剥削。当然，有一些艺术家支持这种反应条件，创作抽象的绘画和雕塑作品，这些作品随后被统治阶层兑换成流通的货币。

中产阶级艺术家创作出方便携带的抽象作品，正中重商主义统治的下怀 [……] 概念艺术就像没有备用金的信用卡，抽象画就像没有备用金的资金。这就是为何如此多的画廊面临破产。对现代博物馆的过度消费导致它们无力偿债。

说到这儿，现在我要回到埃门的工地。我必须关注《断裂圆环 / 螺旋山丘》的物理变化，以维持其存续。在我看来，展览并未结束。尽管我已经录制了工事建造的视频，但还没有得到航拍照片。精心设计角度的照片也还未拍摄。我想回到荷兰推进项目。希望泽尔斯特拉认识到本项目的重要性，并将其照管好，以免被毁坏。我还未确定是否要前去视察。

向楚蒂问好。

鲍勃 [罗伯特的昵称]

Giverny par Vernon
eure

Chère Madame

Je n'ai pas encore
eu la possibilité de
venir vous voir étant
mon retour, et actuelle-
ment à Paris que bien
et pour quelques heures
seulement, qui m'étaient
prises d'avance.
Vous avez vu tous
nos ennuis chez Petit
après s'être tant donné
de mal en ... n'est
pas drôle d'être
joué de cette façon.
il aurait été question
d'une exposition
chez Durand et

克劳德·莫奈致贝尔特·莫里索
1888 年 5 月

　　1874 年，巴黎第一场印象派画展举办后，克劳德·莫奈和贝尔特·莫里索相识，两人定期联合办展。随后几年内，印象派画作一跃成为收藏家垂涎的高价值藏品，不再是人们口中的笑柄。画商保罗·杜兰-瑞尔对这两位艺术家的商业成功起到了重要作用，为了推广印象派艺术，他投入了大量资本（有时严重亏损）。1888 年，杜兰-瑞尔在纽约开办画廊，计划再次举办画展。但是，莫奈与他发生了争执，准备与文森特·凡·高的弟弟、画商提奥就自己最近创作的大量风景画的销售进行商谈。与此同时，莫奈还与杜兰-瑞尔野心勃勃的对手乔治·伯提合作办展。此时，杜兰-瑞尔已将巴黎画廊的经营事务交给了自己的儿子。莫奈有意要抵制他的展览，结果该展在 1888 年 5 月 25 日提前举办，参展的艺术家有莫里索、雷诺阿、毕加索和西斯莱。信末的"马奈先生"指尤金·马奈，是莫里索的丈夫，也是艺术家爱德华的兄弟。

....

厄尔省

吉维尼，靠近韦尔农

尊敬的女士：

　　我回来后还未前去拜访，这是因为昨天才抵达巴黎，仅仅数小时，忙于处理之前的工作。

　　你已经听说了我们与伯提面临的所有问题。我们投入大量精力在工作上，却受到这样不友好的待遇。我曾谈过对杜兰展的看法，该画展不符合我的喜好，我一到巴黎就立即放弃参加该展览，原因有很多，需要付出的时间太长了。

　　但是，今天早晨雷诺阿告诉我展览正在筹办，就在周六开幕。杜兰的儿子在没有询问我的情况下，提议在展览中加入我在他及其他收藏家手中的作品。面对这样的状况，我决定用一切方法进行反击，因为如果画展盈利，这就是我的权利，我认为有责任提前告知你，并不是想对你造成任何影响，而是不希望让你感到意外，认为我是个逃兵，我想他们一定会这么说。我向你展示了我的诚意，而且我想向你证明，我最大的愿望就是能够与你一同办画展。

　　我希望在巴黎待一两天后，能尽快与你见面，也希望你以后能来吉维尼。

　　敬请放心，你和马奈先生是我的朋友。

克劳德·莫奈

MEXICO, June '78

DEAR PARR'S,... LIEBE FAMILIE PARR,

AFTER WE HAVE BEE 3 WEEKS IN
NEW YORK WE WENT DOWN SOUTH
TO MEXICO... THE BEST WE DID...!
YOU CAN'T BELEAVE HOW GOOD WE FEEL
OVER HERE. THE CLIMAT FOOD, NATURE
THE PEOPLES BEHAVIOURS. SHORT IT'S
JUST WHAT WE LIKE AND MAKE US
FUNCTION SO GOOD)
THERE IS SOMETHING THERE.. LIKE AIR
EVERYWHERE WHICH MAKES US FEELING
COMFERBAL. BITCH. SLOWLY WE ADOPT
NATURE AND DISCOVER GREAT THINGS.
LIKE JUMPING BEENS WHICH YOU CUT
AND BY OWN ENERGY THERE MOVING,
JUMPING FOR MONTH.....
PICKS KILLING AND EATING RATTLE SNAKS...
NOT TO FORGET... TEQUILA OR BETTER MESCAL
A UNBELIEVBEL DRINK FROM THE GOD'S
...I BELEAVE.
ALL TOGETHER. IT'S A FRUITEBAL TRIP...

TO YOU. DID YOU HAD A GOOD TRIP
BACK HOME ?! WHAT WE IMAGE ABOUT
IT MUST BE LIKE LEAVING IN A SATELITE
THE EARTH...
ONES WE HOPE HAVING THIS EXPERIENCE
AND IT SEEMS TO BE POSSIBLE NEXT YAER.
WE WILL HAVE A GREAT TIME. ALL OF US!
AS WE WROT ALLREADY ON THE CARD WE
DID SEND A FEW DAY AGO, AS SOON AS
WE ARE BACK IN HOLLAND. WE WORK OUT

I OFFERED WE BE A SECOND) PAGE. BUT SHE IS ONLY 1/2 A CAGE

I don't love a spare to right (but I love you all this night)

乌雷和玛丽娜·阿布拉莫维奇致迈克·帕尔
1978 年 6 月

1976 年，行为艺术家玛丽娜·阿布拉莫维奇和乌雷（全名弗兰克·乌维·莱于齐本）开始一起工作和生活。据两人称，他们的目标是"无固定居所、永久迁移、直接接触、部分关系、自我选择、跨越限制、敢于冒险、移动能量"。在其早期合作的作品《吸气，呼气》（*Breathing In, Breathing Out*）中，两位艺术家只能吸入对方吐出的空气，表演中展示了两人的身体极限（表演时长约 20 分钟，其间两人吸入的二氧化碳浓度不断增加）。

1978 年 4 月，国际表演节在维也纳开幕，阿布拉莫维奇和乌雷遇到了澳大利亚艺术家迈克·帕尔。随后，他们在墨西哥写信给帕尔，多数由乌雷执笔，热切地表示希望对方也来这里，他们还建议帕尔在欧洲申请艺术家居所，并请他寄来几个回力镖作为以后的表演道具（参见第 71 页），收件地址是乌雷所在的阿姆斯特丹画廊阿贝尔当代艺术中心。

亲爱的帕尔……及可爱的家人：

我们在纽约待了三周后，继续向南，来到墨西哥……这是我们最成功的一次演出！你难以想象，我们在这里的感受有多么美好，气候、食物、自然、人们的行为……简而言之，我们喜欢这里，这里也让我们能发挥得很好。

这里的某些事物……如同空气般，让我们感到舒适富足，慢慢地，我们适应了自然，发现了很棒的东西，如跳豆，把它采摘下来后，虫子会在豆子里跳动，试图找寻出口……杀死响尾蛇并吃掉……蓝龙舌兰或龙舌兰酒令人流连，这是天堂才有的佳酿……我相信！［……］

回国的旅程还顺利吗？！我们想，你的旅途就像从地球的卫星上回来一样……

我们希望有类似的体验，可能明年会有机会实施。那时一定会很有趣，我们一起吧！我们已经写了卡片，几天前就寄出了。一回到荷兰，我们便尽一切可能邀请荷兰艺术家来家里玩，你和家人能否为我宣传一下？！［……］

差点忘了，我们还想让你帮一个大忙，主要关于……回力镖。我们想要十个相同的木质回力镖，要能飞回来的那种。如果可以，麻烦附带一些相关的参考资料或文件。如果可行就将回力镖寄到以下地址：荷兰，阿姆斯特丹，阿贝尔酿酒者运河196 号。大约一个月内，我们会把钱寄去，预计应该有 100 美元。如果钱不够，请告知。如果钱多了，就当我们为你的家庭聚会送了瓶酒。保持联络……

来自墨西哥的爱（听起来有点像詹姆斯·邦德）

乌雷　玛丽娜

我没有下笔的空间了，但还是想表达对你的爱。吻别，玛丽娜。

Mike Parr,
P.O. Box M56,.
Newtown South, nsw 2042.
Australia. 24.7.1978

Dear Marina/Ulay,
            Parr's very very pleased to hear from you. we got the
card ok and i've had the girl's kicking right under my nose for about a
month but i'm still very slow off the mark. today(about 4½minutes ago)
i got your letter with the news about mexico and the tequila etc which
sounds very good indeed. i am really so pleased you've kept in touch.
since being back we've had a very hectic time but now it is coming under
control. got the same house back in this suburb of sydney we previously
rented and now everything is going ok. our 3rd winter in a row. got back
and we all headed up to queensland which is the northern part of australia
to get car and dog. very strange after the heavy civilization matrix
europe(but not so strange after the country south of yugoslavia). 1000km's
in a typically crazy australian train-very slow and we had the cheapest
arrangement and all night there was a country football team off to the
big match in some northern ant town of 11½people drinking and swopping
stories anf gum trees anf goannas and drink vomiting-technicolor yawn we
call it here till the sun came wandering over hill that look like the
end of the world and spaces that crawl to the edge of the horizon line
that make you feel in a dream. at breakfast just as we were knawing eggs
a woman became epileptic besides us and started swallowing her tongue
and tearing up the vacuums round the cowboys heads. she ate my spoon as
we were saving here. her little son crawled under a table and ate a piece
of bread. in a little town with maybe 30people she got out and wandered
away in the dust. maybe the countryside is a little bit like mexico.
these anglo saxons from 150yrs ago are very strange when they're inbred.
mexico sounds amazing. i have a friend in the country felipe ehrenberg who
you may know because he was many yrs in europe-very nice but when you
receive this perhaps you'll be in amsterdam and mexico will be another
life you remember when you're old sitting in the sun. we very much hope
that all can be organized for you to come here. i keep talking to nick
waterloh about it but you must write to him as quickly as you can and start
a dialogue about all arrangements. i'll include his address here though i'm
sure you'll have it maybe i'll put it at the bottom of the letter because
if i stop now i'll have to have another cup of coffee. we hope we hope you'll
be here next year. this is a big place and you can stay here without any
problem at all we have a little car which you can use and while you're by
whatever means it does not matter how we much take you for a long trip cut
into the interior of australi that is such amazing country you could not
imagine it and stretches endless and barren like stones had been falling
endlessly from the sky for thousands of years in the deserts and many times
you can go all day or 2 days 3days without seeing a human being or a shelter
in all that great distance. i think it would be very strange with you and
i would love to be with you on such a trip to sit round a fire at night and
watch your faces. about a boomerang i understand exactly and i'm sure
there is no problem in getting you one this weekend i will go with tess and
try to get you an authentic one and will send it to the de appel address
i'm sure it costs no where near $100 so i think you should wait before
sending money because maybe it is very little. i do not know how to throw
them so as to make them return but it is a 'knack' where you get a flick
into your wrist maybe like the kind of rhythmn you must have to crack a
whip along the ground. i'm sure that there must be a lot of information on
them. its a very ancient weapon and i think widespread once in paleolithic
times even in europe but now the aboriginals here must be the last people
on earth to have it. all this is nova express stream of c. from my head
and hope that you can frame it into sense. it has been a very lucky day
for me because simultaneous with your letter was one from the australian
foreign affairs in canberra informing all my stuff had returned from
hungary including the prints of my films so that makes life easier and the
people who bought them will maybe think mike parr is not such a rat. i am
fighting the battle to get money to finish the 3rd part which is a big
film of a couple of hours but here the government is crazily going backwards
and soon we'll be eating the money and operating on one another because onl
meat is cheap you got to try hard i suppose to be a surrealist but here th
try so hard they're soft in the head. love from insatiable parrs

迈克·帕尔致玛丽娜·阿布拉莫维奇和乌雷

1978 年 7 月 24 日

　　这是澳大利亚艺术家迈克·帕尔写给行为艺术家玛丽娜·阿布拉莫维奇和乌雷（参见第 69 页）的回信。不久前，三人在欧洲认识。他们志同道合，都想将行为艺术表演推向身体的极限。信中提到的"呕吐物"源自一次火车旅行，映现在了帕尔 1977 年的作品《催吐药；我讨厌艺术》（*The Emetics; I Am Sick of Art*）中，创作时帕尔分别吞下了蒙德里安牌红、黄、蓝三色的丙烯颜料，再反刍吐出。1979 年，阿布拉莫维奇和乌雷来到澳大利亚，参加第三届悉尼双年展。1980 年，两人重回澳大利亚，在内陆地区待了五个月。在 1981 年的表演《艺术家发现的金子》（*Gold Found by the Artists*）中，两人使用了一个镀金的回力镖（可能是帕尔答应给他们的）和一条活的蟒蛇。

亲爱的玛丽娜／乌雷：

　　帕尔非常非常高兴收到你们的来信［……］今天（大约四分半钟前）我收到了信，听你们讲了墨西哥和龙舌兰等消息，听起来的确很棒。我真的很开心能保持联系，回来后，我们度过了一段非常紧张的日子［……］我们所有人前往澳大利亚北部的昆士兰州去找车和狗。欧洲强势文化母体的情形非常奇怪（但与南斯拉夫南部相比，便不那么奇怪了）。我们乘坐典型的澳大利亚疯狂列车行驶上百万米——速度很慢，我们的安排是最便宜的，恰逢一支国家足球队要前往北部 11½［？］人的小镇参加大型比赛，整个晚上我们一起喝酒和分享故事，有桉树、巨蜥，还会一起呕吐——我们称之为呕吐物，直到太阳在山间逡巡，仿佛到了世界末日，视线所及的空间绵延至地平线的边缘，让你好似置身梦中。在我们早餐吃鸡蛋的时候，一位女士癫痫病发作，开始咬自己的舌头，并将牛仔队主队员周围的吸尘器扯了下来。她还咬我们带来的勺子［……］她在一个只有 30 人的小镇下车，身影缓缓消失在雾中。可能那里的乡村景色有点像墨西哥［……］我们非常希望在你们来这儿前一切都已经准备就绪［……］我们必须带你们深入澳大利亚腹地［……］我想要和你们一起体验这样的旅行，夜晚围在篝火旁，看着你们的脸。关于回力镖的事，我清楚你们的要求了，我确信本周末给你们没有问题［……］这是一种非常古老的武器，我想即使在旧石器时代的欧洲也应用很广，不过现在这里的澳大利亚土著可能是地球上最后使用它的人了。所有都是我的有感而发，希望你们能看懂［……］爱你们，不懂得满足的帕尔［。］

Ecc.mo et diuino precetor mio M. Michelagniolo

P che dicontinuo io uitengo stampato inemia occhi et dentro almio cuore.
nomi essendo uenuta occasione di auerghi affare qualche seruitio
penolle dare noia sie lacausa che molto tempo fa io nollo scritto
ora uenendo M.o giouanni da udine auromo et pesserstato
certi pochi giorni a fare penitenzia icasa mia, mie parso ap
proposito di comfortarmi alquanto inello scriuere questimia
parecchi uersi a V.S. ricordandole quanto iolamo comolto
mio marauiglioso piacere itesi alli passati giorni come pcer
to, uoi ueniui a rimpatriarui che tutta questa cita pur grade
mente lo desidera e maggior mente questo nostro gloriosissimo Duca
il quali sie tanto amatore delle mirabili uirtu uostre et e ilgiubenig
mo et ilpiu cortese signiore che mai formassi et portassi laterra
che uenite hormai afinire questi uostri felici anni inella patria uostra
cotanta pace e cotanta uostra gloria. sebene io ne o riceuo qual
che stranezza da il dito mio signiore. leguali mie parso diriceuere a
gra torto pcerto cogniosco questo nonessere stato causa ne disua
ecc Ulma ne manto mia. edle questo sia il uero ledico pcerto che
mai nofu huomo isua patria piu cordialmente amato chesono io et
il simile iquesta mirabilissima Corte e questo dispiacere che miuiene
senza causa. tutto suede lo essere potenzia diqualche malignia
stella alla qual potenzia io nocogniosco altro remedio che ilrimener
si tutto inel uero et imortale idDio, ilquali priego che cotemo uicir
da pqualche anno ancora. difirenze alli 14 dimarzo 1559

sempre alli comadi di V.S. paratiss.mo

Benuenuto cellini

本韦努托·切利尼致米开朗琪罗·博纳罗蒂

1560 年 3 月 14 日

　　本韦努托·切利尼被判于佛罗伦萨的家中软禁四年，他写信给米开朗琪罗（参见第 17 页），鼓励这位年事已高的画家从罗马回到自己的家乡。很难探知切利尼的这股热情源于何种动机：仿佛是他而非米开朗琪罗能从中有所收获。或许是因为如果切利尼能凭借个人影响力迎来意大利最著名的画家，就可减轻判决。米开朗琪罗一定会奇怪，切利尼怎能用同样的语气，一边将科西莫·德·美第奇描述为"世上最贤良的君主"，一边抱怨他让自己遭受了"不公正待遇"。

　　切利尼在信中宣称，他出于对米开朗琪罗的爱戴拿起了笔，但似乎又很快忘记了这件事，心思完全被个人罪过占据，担忧自己的声誉。切利尼有自己的打算，他利用这段强制监禁的时间口述完成了自传，自传回顾了过去 40 年他作为金匠和雕刻家取得的艺术成就，他如何多次名噪一时，还有权力、危险、性冒险，甚至是偶尔的谋杀事件。自传《人生》（*Vita*）成为意大利文学的经典之作。

　　最尊贵神圣的米开朗琪罗先生，我将您烙印在我的眼中和心里，如果距离我上次给您写信已过了很长时间，那么原因很简单，就是我没有机会为您效劳，同时不想给您带来不必要的麻烦。

　　但是现在，由于乔瓦尼·达·乌迪内大师前往罗马，途中在我家苦修了几天，所以为了让自己感到心安，我写信给阁下，用寥寥数语表达我对您的爱戴。前几天，我非常惊喜地听说您出于某些原因回到了家乡，这是整座城市最大的希冀，公爵本人十分钦佩您的不凡美德，您是这世上最善良友好的人。来吧，在人生的暮年荣归故里，快乐地生活，沉浸在极致的平和之中。尽管我受到了来自君主的不公正待遇，被冤枉，但是我知道这是由于受他人挑唆，与尊贵的君主、与我都没有任何关系。我想强调的真相是，没有人能像我一样在自己的故乡受到如此爱戴，在无上尊贵的皇宫也是这样。这种令人痛苦的无妄之灾只能说是由某些奸邪的上位者策划的。在真实、不朽的上帝面前，我祈祷您在未来几年里保持快乐。

　　佛罗伦萨，1559 年 3 月 14 日 [新历 1560 年]。

　　永远准备好为阁下效劳，向您致以最高的敬意。

本韦努托·切利尼致无上尊贵的米开朗琪罗·博纳罗蒂大师

罗马

A favourable opportunity now offers
itself of sending ~~the~~ you the perspective drawing lent to me
by Mr Thane who ~~~~ wished me to send it you when
done with; the bearer hereof is a native of our village and
my shoe maker, perhaps never twenty miles from home before.

I inserted a sentence in my last letter to you which
I ~~am~~ sorry for after I sent it, Thane I was disappointed at
your ~~note~~ writing only upon half that large piece of paper,
~~but~~ upon recollection I wonder how I could by so ungratefull
for I'm exceedingly thankfull for what there was.

I think you told me that you made your Aqua Fortis
with 9th of Nitre with two parts water, I suppose you meant
the acid sp: I bought some Aqua Fortis at a neighbouring
Town and believe have ~~boild~~ one plate with it not knowing its
strength is was off.

Yours as ever
J Constable

View from my Window.

约翰·康斯特布尔致约翰·托马斯·史密斯

1797 年 1~3 月

　　约翰·康斯特布尔十八九岁时，在家乡东安格利亚的风车磨坊工作，并熟悉了解斯陶尔河沿岸的河运贸易，为有朝一日可能接手父亲的粮食煤炭生意做着切实的准备。但他本人想成为一名画家，在给约翰·托马斯·史密斯的信中，他担心命运可能会让他"走上与个人意愿完全相反的道路"。21 岁的康斯特布尔在去往伦敦附近埃德蒙顿的商船上与史密斯相遇。史密斯是一位技艺高超的版画师，擅长绘制历史建筑和地形。1796 年，史密斯正准备创作一系列以农舍和自然风光为主题的优美版画，这些作品后来汇集成了《论乡村景色》（*Remarks on Rural Scenery*）一书。史密斯鼓励康斯特布尔追求艺术梦想，并作为一名成功的专业画家给予了他基础指导，这惹恼了康斯特布尔的母亲。

　　康斯特布尔在东伯格浩特村父母的住所写信给史密斯，他在信中绘制了自己透过窗户看到的景象，他认为这一定会感染史密斯。康斯特布尔绘制的建筑速写展示了他创作大幅风景画时的游刃有余，以《弗列特福磨坊》（*Flatford Mill*）和《戴德姆船闸》（*Dedham Lock*）为例，树木、天空、人物和儿时家附近的景色平衡地融合在一起。从信中可以看出，作为一个初学者，他正在努力吸收史密斯在版画创作方面给予的建议，但他不知道该如何调配正确浓度的硝酸（王水，用于蚀刻铜板）。两年后，康斯特布尔的弟弟艾布拉姆逐渐接手了家族企业，他因此得以脱身前往伦敦学习艺术。1802 年，康斯特布尔返回东伯格浩特村，"投入心力向自然请教"，逐渐形成了他独树一帜的"自然风景画"风格。

　　[……]现在，我有一个绝佳的机会，就是把塞恩先生委托我绘制的透视画寄给你，他希望我完成后可以寄给你；我们这儿的送信人是土生土长的村里人，也是鞋匠，他可能从未离家超过两千米。

　　我为上一封信中的语句感到非常抱歉（信中我表达了对你来信的失望，因为你在那么大的纸上只写了一半的字）。之后回忆起来，我想我怎么能如此不知感恩，现在我对之前信中的内容愈发感激。

　　我记得当时你告诉我，你用一份硝酸钠溶液与两份水制作王水。我猜测你说的是酸性溶液。我在邻镇买了一些王水，并且已经毁掉了一个画板，因为不知道它的浓度。

你永远的朋友 J. 康斯特布尔

我窗外的风景

第三章

"你的魔法书"

know how much I admire you

ng my sculpture work as a gif

r lucidity & intelligence have

breaks into a slow, sad smile

six carp. **礼 物 和 问 候** I will

ship remains anon but sends

es – really for an advanced H

nd I'm sorry for taking so long

n which seems to be the vulga

ook all about you which ha

cats & a parrot, but I still hat

g my show. I'm touched that y

eeing you and your family the

he window tightly closed, I ca

and my respects to Mrs Breue

soon. My best to you and Barb

birthday Party of ME Thursday

present you should you wis

UNTITLED #216, 1990
PHOTOGRAPH BY CINDY SHERMAN

3/8/95

Dear Arthur,
    Thank you for your
sweet phone message
concerning my show.
I'm touched that you
took the time to call.
Your thoughts mean a lot

Arthur Danto
420 R.S.D.
NYC 10025

to me and I'm sorry for taking so long in
acknowledging that. I do hope to see you both
sometime soon. My best to you
and Barbara, Cindy

辛迪·雪曼致亚瑟·C.丹托
1995 年 3 月 8 日

　　1995 年 1 月 14 日，美国摄影师辛迪·雪曼在曼哈顿都市影像画廊举办展览，共展示了 15 幅照片。对雪曼而言，这一年将是忙碌的一年，接下来她还要在华盛顿和圣保罗举办展览，并参加威尼斯双年展，但她在给批评家兼哲学家亚瑟·C.丹托的明信片中提到的，可能是这次在纽约举办的小型展览。

　　丹托一直很赞赏雪曼的作品，是一位颇具影响力的拥趸，他不仅是《国家》杂志的艺术评论家，还是哥伦比亚大学哲学教授。1991 年，丹托为雪曼的摄影目录《辛迪·雪曼：无题电影剧照》（*Cindy Sherman: Untitled Film Stills*）撰文，该摄影集后来正式出版，令雪曼名声大噪。雪曼装扮成低预算影片中公众熟知的经典女影星，以宣传海报的姿势拍照，这些照片受到后现代主义评论家的格外关注。雪曼以不同角色拍摄的照片（几乎都以无题为题），虽不是传统、本质意义上的肖像，却似乎表达了自己选择的呈现方式决定了我们是谁。或者用丹托的话说："人本质上是一种表征体系。""雪曼具有这种不可思议的可塑性，"他激动地说，"在大街上，你认不出雪曼……我不认为她代表任何人，这些都是想象出来的人物。女孩出现在不同的场景中，面临危险时、陷入爱河时、打开信封时，她就像一个尚未成名的演员，没有固定身份，只有导演赋予她的角色。"1993 年，丹托为摄影目录《辛迪·雪曼：历史肖像》（*Cindy Sherman: History Portraits*）撰文。和《辛迪·雪曼：无题电影剧照》相同，雪曼装扮成了刻板印象下的女性形象，这次的原型多来自文艺复兴时期的艺术家名作。该摄影集收录了大量 1990 年曾于都市影像画廊展出的"历史肖像"系列彩色照片，作品原型取自拉斐尔的《芙娜蕾娜》（*La Fornarina*）、达·芬奇的《蒙娜·丽莎》（*Mona Lisa*）、卡拉瓦乔的《年轻的酒神》（*Bacchus*）。在 1989 年的《无题 216 号》（*Untitled #216*）中，雪曼又装扮成了让·富盖 15 世纪《圣母像》（*Melun Diptych*）中的圣母玛利亚，从华丽的礼服裙上衣中露出乳房（据说富盖根据法王情妇的形象绘制），给年幼的耶稣喂奶。"我逐渐有些厌恶人们将艺术宗教化或者神圣化的态度，"雪曼回忆道，"我希望在模仿时摆脱文化的束缚，同时嘲讽文化本身。"在《无题 216 号》中，她端庄地放上了一只充气塑料乳房。似乎为了表明将明信片寄给丹托的是雪曼本人，而非假冒的圣母，她认真地剪去了图像中的假体部分。

亲爱的亚瑟：

　　感谢你关于我展览的电话留言，太棒了。我很感动你能抽出时间打电话给我。你的想法对我而言十分重要，很抱歉我花了很长时间才承认这点。我真希望快点见到你们。祝福你和芭芭拉。

辛迪

Cher Monsieur - Il me donne un plaisir prodigieux de vous presenter, s'il vous plait, thaumotrope
for their 'motion in art' shindig but would only offer to supply 3 guards to insure its safe-
ty. I did not feel this was adequate for such a treasure & so the world must still wait. The
sender of this temoignage remains anon but sends you his love.

quick enough to catch this phenomenon. The "Rorelse Ikonsten" people wanted this

refer

ape the dolorous gesture but I have been

NdR

a l'image d'Apollinaire en travestie

when you twirl it fast enough he breaks into a slow, sad smile or the trace of one xxx

there are those who claim that they see a tiny bird of dazzling plumage pop out of the turban and

约瑟夫·康奈尔致马塞尔·杜尚

1959~1968 年

约瑟夫·康奈尔从不自称艺术家，他更喜欢"设计师"一词。20 世纪 30 年代，他的确在纽约做过纺织品设计师，不过真正让他在美国现代艺术占有一席之地的，是一种他自创的艺术形式——木盒。木盒中的微缩物和图像，看似随意放置，实则存在着诗性的关联。

1931 年，康奈尔路过朱利恩·列维画廊的陈列窗时，对那里的超现实主义艺术展品产生了兴趣。他开始扫荡旧货店，寻找旧木盒和各类杂物，例如玩具、工具、文件、书信等任何可以吸引他注意力的物件，并用它们组装了自己的第一件艺术作品。1932 年 11 月，列维为他举办了个展。为了创造自己的盒子，康奈尔开始学习木工，并着手制作超现实主义电影。他与移民美国的艺术家萨尔瓦多·达利（参见第 9 页）和马克斯·恩斯特，以及年轻的美国艺术家多萝西娅·坦宁一起，被视为两次世界大战之间推动美国超现实主义发展的领军人物。然而，康奈尔拒绝与超现实主义者合作，并指出在情欲及弗洛伊德潜意识方面，自己与该流派毫无共通之处。

他在给马塞尔·杜尚（参见第 39 页）的信中，用法语和英语写满了信笺的四个角，毫无超现实主义异想天开之感（对比坦宁给康奈尔的信件，参见第 41 页），而是不落俗套、理性清晰地排列自己的想法，从而引起收件人的兴趣。康奈尔随信附上的"留影盘"源自一款维多利亚时代的玩具，是一种见证或"友谊象征"。留影盘由圆盘和线组成，圆盘两面有着不同的图案。手握线的两端转动圆盘，两面的图案交错会创造出视觉暂留现象。图案有时是鸟儿和笼子，康奈尔采用的图案是正在摸硬币的法国诗人纪尧姆·阿波利奈尔。

1959 年，杜尚搬到第十街西段，靠近马歇尔国际象棋俱乐部。他在象棋上投注的热情，完全不亚于艺术创作。康奈尔没有在信封上贴邮票，因此杜尚可能没有收到这份礼物，但从那时起，他因坚持"在艺术领域，思想最重要"而闻名。

尊敬的先生：很高兴能应你的要求，将留影盘送给你，图案是阿波利奈尔的肖像。当你转得足够快时，他的脸会突然呈现出苦涩、缓慢的微笑，或 xxx 痕迹。有些人说，他们看到了一只身披华丽羽毛的小鸟从头巾中钻出来，模仿他悲痛的姿势，但我转动的速度还不够快，没有看到这个场景。"声音艺术"那边想把它陈列在［"]动态艺术"盛宴中，不过将只派三位保镖保护它的安全。我觉得如此高价值的展品不应只得到这样的对待，所以全世界只能继续等待了。送来友谊信物的人想要保持神秘，但仍要表达他对你的爱。

Chihuahua 94.
Mexico.

Dear Kurt,

I want to tell you that I have just come to the end of your very beautiful book on Witchcraft & I would like to say how very much delight your lucidity & intelligence have given me. Naturally it is very difficult to give a complete opinion by letter & I am also far more interested in what you have to say on the subject than what I do! All through the book I was most moved & touched by the scrupulous honesty with which you treated each subject & the great rarity of someone writing on magic without any attempt at mystification which seems to be the vulgar habit.

I feel I would like to talk to you & unfortunately this being

impossible I must content myself with a very inadequate letter —

I am still emprisoned in this foul & filthy place I have 2 beautiful children, 4 dogs, 2 cats & a parrot, but I still hate this place & suffer from the enforced isolation being a commonly sociable creature —

Please give my salute to Edith & again my admiration & all possible good wishes for yourself

yours

Leonora Carrington

莱奥诺拉·卡林顿致库尔特·塞利格曼
1948 年

    1937 年，莱奥诺拉·卡林顿与德国艺术家马克斯·恩斯特在伦敦艺术学院发生了婚外情。恩斯特将她带入了超现实主义的大门。卡林顿的父母试图逮捕恩斯特，于是这对有情人逃到了法国。卡林顿因背井离乡、与家人分离而精神崩溃。20 世纪 40 年代初，她与墨西哥诗人兼外交家雷纳托·勒杜克结婚，加入了墨西哥超现实主义艺术家团体。随着萨尔瓦多·达利现身纽约，一大批艺术家逃离了战火纷飞的欧洲，其中包括版画家库尔特·塞利格曼（参见第 23 页），超现实主义进入了全新的美国时期。

    除了弗洛伊德潜意识的概念，超自然现象也是超现实主义意象的来源。1939 年塞利格曼从巴黎来到纽约之前，因超自然现象版画而闻名，如《黑魔法》（*Black Magic*）和《女巫》（*The Witch*）。他收集了大量的古文物研究类书籍，主题涵盖魔法、炼金术、手相术等。塞利格曼是通过自学成为超自然现象专家和作家的。

    通过卡林顿 1945 年的梦境画《对面的房子》（*The House of Opposite*，西狄恩学院，苏塞克斯），可以看出她对超自然现象充满兴趣。当时，她与第二任丈夫齐齐·韦兹、襁褓中的儿子加布里埃尔和巴勃罗生活在"肮脏不堪"的奇瓦瓦州。卡林顿经常会向塞利格曼寻求有关超自然现象的建议。她告诉塞利格曼，自己非常喜欢他送来的《魔镜》（*The Mirror of Magic*），这本书出版于 1948 年。

墨西哥奇瓦瓦 194 号

亲爱的库尔特：

    我想告诉你，我刚看完你写的有关魔法的书。我想表达的是，从你清晰、智慧的文风中，我获得了许多乐趣。当然，很难仅通过书信表达我全部的想法。与我的看法相比，我更感兴趣的是你对魔法的看法！整本书中，我因你对待每个主题认真诚实的态度而感动，很少有作家能以魔法为主题，却没有粗俗地将其神秘化——

    我想与你面对面交谈，但是很遗憾没有机会，所以我只能意犹未尽地写信给你——

    我依然被困在这个肮脏不堪的城市。我有两个可爱的孩子、四只狗、两只猫和一只鹦鹉，但是我讨厌这里，被困在与世隔绝的地方做一个平凡的市井小民，让我感到无比痛苦——

    请代我向阿莱特问好，再次向你表达我的崇拜和最美好的祝愿。

你的朋友莱奥诺拉·卡林顿

積雪凝寒擁衾閒居不能起承

索詩級陽才窘語拙不揣素頁出來

尊體輕擾湖佳甚題之也鶴真六尾奉

將一芹

稽顙

士長

王穉登致友人

17 世纪初

在中国文化中，书法是"三绝"之一，这种艺术形式不仅地位等同于绘画、诗歌，而且是作为画家或诗人必须掌握的艺术形式。文字用毛笔由上到下、由右到左书写。据说，王穉登是一位神童，十岁即精通书法、诗律。王穉登生于江苏省苏州市，该地历史悠久，后因纺织业发达而成为全中国富庶的城市之一。同时，苏州有着深厚的文化底蕴，这让王穉登得以接触伟大先祖留下的大量绘画、诗文和书法作品。明朝（1368~1644 年）中期，苏州学者受所有书法家的敬重。王穉登师从当时最有影响力的书法家、"明四家"之一文徵明。1559 年文徵明去世后，王穉登成为苏州首屈一指的诗人和书法家。

王穉登最有名的作品是卷首画，比如 1610 年为福缘寺募捐而写的诗文集。福源寺坐落于苏州某个湖心岛上，建筑破旧衰败，周围荆棘丛生。王穉登在文末谈及，如果老福源寺得以恢复繁盛，春日之声和松树之荫蔽可重振寺院。这封给朋友的非正式慰问信，还提到送鱼作为礼物。王穉登的书法"疏密有致"，虽被认为优雅，却缺乏力度和顿挫饱满之感，而这恰恰是行家眼中文徵明书法作品的特点。信中还提到，他雪天躺在冰冷的屋子里，唯一的感觉就是全身发冷，无法找到创作的最佳状态。

积雪凝寒，拥衾闭户不能起，承索诗跋漫书数语，殊不称奈何。日来尊体想渐佳，甚悬甚悬也。鲫鱼六尾，奉将一芹。穉登力疾顿首。

左长

June 26, 1974

Dear Don;

How are you and your family? This is to let you
know that you'll be receiving my sculpture
work as a gift in a short while. This
work was exhibited in Philadelphia
Civic Center Museum for "American
Woman Artists Show" sponsored by
the group called "Focus". there during
april 27 ~ May 26.

I'll be in New York before long,
and I'm looking forward to seeing
you and your family then.

Best regards;

Yayoi

草间弥生致唐纳德·贾德
1974 年 6 月 26 日

　　草间弥生移居纽约前，在故土日本已举办过数场展览，1958 年抵达纽约后，草间弥生开始创作系列大幅抽象画《无限的网》（*Infinity Nets*）。画作中的"网"由颜料留下的点点痕迹构成，有些长达 12 米。从幼年时期起，草间弥生就常出现幻觉，视野中布满点或图案，或许是为了控制和压抑幻觉带来的恐慌感，她夜以继日地沉迷在创作之中。1959 年 10 月，草间在纽约布拉塔画廊首次举办个展，评审为唐纳德·贾德，贾德初为艺术专业学生，后成为雇佣评论家。他认为草间的作品"无论如何都是最新潮的优秀作品……超过了纽曼、罗斯科等有资历的画家"，并以 200 美元买下一幅画。对草间而言，贾德是"我在纽约艺术界的第一位亲密伙伴"。贾德帮助她获得了美国签证，20 世纪 60 年代，两人住在市中心曼哈顿的同一栋楼内。

　　贾德逐渐形成个人的创作风格，并于 1962 年放弃了"不成熟的抽象主义"雕塑风格。他使用金属板和木板，塑造其自称为"具体物品"的作品，这些物品为了存在而存在，不带有任何表征、暗示或象征意义。"贾德没有钱购买艺术创作用的材料，"草间回忆，"所以他来到最近的建筑工地，收集随地可见的木材，并带回家。"草间从窗户观察，如果有警察出现，便向贾德示意。一夜之间，"在我们的见证下"，贾德作为"极简主义先驱和领袖，一跃成名"。同时，草间的抽象拼贴画，以及由鸡蛋箱等批量生产的简易物品构成的雕塑，也影响着美国的波普艺术家。她策划了一些偶发艺术，并在政治气氛浓厚的 20 世纪 60 年代，多次发起反越战裸体抗议示威。那时，草间的健康状态逐渐恶化，1973 年她回到日本进行短期的康复治疗，但是"没有任何好转"，于是决定留在日本。

　　1974 年 6 月，草间从东京将信航空邮递至贾德在纽约的住所，而此时贾德已迁居至得克萨斯州马尔法。贾德不断在得克萨斯州购买更多的土地，扩大画室空间。草间在信中提到了最近在费城举办的"美国女性艺术家展"，并将参展的雕塑送给他，不过雕塑尚未送达。这座雕塑是由陶瓷板制成的红色蛇形缠绕线圈，草间在雕塑上面仔细地点上了带有个人特色的圆点。

亲爱的唐：

　　你和你的家人最近还好吗？这封信是想告诉你，你不久后将收到我的雕塑作为礼物。这件雕塑曾在费城市政中心博物馆 4 月 29 日 ~5 月 26 日举办的"美国女性艺术家展"展出，由"焦点"组织赞助。

　　过段时间，我会来纽约。期待能与你和你的家人见面。

　　致以最诚挚的问候。

弥生

40·41 221ST STREET
BAYSIDE, N. Y.

hot → but

Dear ERICH,

zänks a lot für die wonderful
boxes — really for an advanced Hobbyist
as I am — it's grand —

— NOW — listen: boy!

You are cordially invited to attend the
birthday Party of ME Thursday 26 afternoon
we will have lots of drinks, this time
ME too

shake hands
yours old

George Grosz

If you got any new
Togelück —
bring 'em along
will'ye?

乔治·格罗兹致埃里希·S.赫尔曼
1945 年 7 月

　　乔治·格罗兹邀请朋友埃里希·S.赫尔曼参加他 1945 年 7 月举行的 52 岁生日聚会，并承诺"有大量的酒，我也会喝"，语气好像格罗兹也要同时为自己戒酒结束庆祝一番。信中，格罗兹对赫尔曼送来的礼物表示感谢，礼盒里可能装有香烟或雪茄。在另外一封信中，格罗兹希望朋友从伦敦旅行回来时，也能为他带一些他最爱的英国烟丝。

　　格罗兹对英国文化的喜爱，源于一战期间这位年轻艺术家在德国的经历，他甚至将自己的名字"格奥尔格"（Georg）改为"乔治"（George），以表达对反英宣传的抗议。格罗兹通过反讽式钢笔素描和油画批判德国军队、资产阶级，以及带有偏见、盲目服从和爱慕虚荣的人们。他希望自己的艺术成就能与威廉·霍加斯在 18 世纪英格兰的影响相媲美。他的目标是表达"强硬感、暴力性和伤痛的清晰感"。1918 年，格罗兹加入了柏林的达达主义群体（参见第 63 页），艺术家们通过不同的方式探索"视觉破碎"的艺术形式，如抽象拼贴画、蒙太奇照片等，以应对"当代层出不穷的问题"。

　　1932 年，格罗兹作为访问教授来到纽约艺术学生联盟。回到德国后，作为一名激进的艺术家和共产主义者，他表示大为震惊，感到自己已受到正在崛起的纳粹主义的威胁。1933 年，阿道夫·希特勒被任命为总理，决意实施独裁统治，格罗兹随即移民美国。当格罗兹生活在长期以来向往的自由社会中时，他失去了讽刺的动力，不再追求"伤痛的清晰感"。但是他的作品得到了人们的尊敬，成为藏品。1959 年 5 月，格罗兹终于回到了家乡柏林，几周后他不慎从楼梯滚下，不治身亡，这显然由"饮酒过量"所致。

纽约贝赛第 221 街 40~41 号

亲爱的埃里希：

　　很感谢你送来的礼盒——非常适合像我这样的高级爱好者——它很奢侈——现在——听我说：兄弟！

　　诚挚地邀请你参加 26 日周四下午的生日聚会［。］

　　我们会有大量的酒，我也会喝［。］

　　握手［。］

你的老朋友乔治·格罗兹

如果你有新的工作日志，可以带一些来吗？

Happy
Xmas.
from
J+Y.

Joseph Cornell.
Flushing.
3708 Utopia Pkwy
Flushing, N.Y.

DEC 23'71
N.Y.
U.S. POSTAGE
.06

Happy Xmas (war is over), Love, John & Yoko.

小野洋子和约翰·列侬致约瑟夫·康奈尔
1971 年 12 月 23 日

　　1966 年 9 月，美籍日裔艺术家小野洋子抵达伦敦，参加破坏艺术研讨会，并决定留在伦敦，这场研讨会聚集了所有派别的激进实验艺术家。几周后，小野在因迪卡画廊举办展览"未完成画作和作品"，并在那里遇到了法国摇滚明星约翰·列侬。小野在她擅长的行为艺术、偶发艺术和先锋派音乐领域，是炙手可热的人物。在《切片》（Cut Piece）的表演中，她像佛祖一样坐在舞台上，由观众慢慢用剪刀剪掉她的衣服。该表演于 1964 年在东京首演，成为 20 世纪 60 年代实验艺术舞台上的经典之作。1968 年，小野与列侬相恋，并在音乐、行为艺术和反越战抗议等领域进行了长期的创意合作，两人的名气和天赋吸引了公众的目光，让他们得以正式步入国际舞台。1969 年 3 月，两人结婚。他们在阿姆斯特丹希尔顿的蜜月套间内，首次发起床上和平运动，用另一种方式参与了席卷欧美大学的学生静坐示威活动。

　　1969 年 9 月，列侬脱离披头士乐队，之后与小野在伯克郡的乡间府邸阿斯考特录音室住了两年。两人在那里成立了塑料小野乐队，录制了一系列专辑，并继续策划反战活动。1969 年 12 月，两人在全球 12 个城市策划了宣传活动，海报上有这样的大字："战争结束了！如果你愿意——约翰和洋子祝你圣诞快乐"。《想象》（Imagine）是列侬与小野 1971 年夏迁居美国之前录制的最后一部专辑，封面是小野最著名的照片，两人的裸照，照片中有一朵云飘过列侬梦幻般俊美的脸庞。

　　列侬意识到媒体不会严肃地看待两人的抗议行为，于是认定传播政治观点最有效的方式是"加点蜂蜜"。1971 年 12 月，列侬与小野共同创作并发行了单曲《圣诞快乐（战争结束了）》，没想到这成了圣诞节的标配。他们将带有该歌名和两人签名的圣诞卡片，寄给约瑟夫·康奈尔（参见第 81 页）。卡片上的自由女神像行黑权礼（右手握拳高举），为此次示威增添了民权的内涵。

　　康奈尔虽然隐遁于世，却与先锋派群体有着神秘而密切的联系。在小野与列侬相恋之前，康奈尔可能就已与小野结识。康奈尔回忆了列侬与小野两人前往皇后区乌托邦大道拜访自己的场景，当时小野穿了透视装连衣裙，康奈尔同意将十幅抽象拼贴画卖给两人，前提是小野在他的脸上亲一下。

祝你圣诞快乐

J. 和 Y.

约瑟夫·康奈尔

纽约法拉盛乌托邦大道 3708 号

JOAN MIRÓ
"SONABRINES"
CALAMAYOR
PALMA MALLORCA
26/VIII 63.

Cher ami: merci beaucoup
pour le livre qui vous a été consacré
et que j'ai reçu par l'intermédiaire de
Monsieur Gili, de Barcelone.
Je l'ai regardé avec un très grand
plaisir, vous savez l'admiration que j'ai
pour votre œuvre.
Avec tous mes hommages à Mrs
Breuer, je vous envoie mes meilleures
et sincères salutations,

Miró.

MARCEL BREUER
& ASSOCIATES

AUG 2 8 1963

BREUER	13
BECKHARD	
EMSILE	
GATJE	
SMITH	
FILE NO.	

胡安·米罗致马塞尔·布劳耶

1963 年 8 月 26 日

这是一封由艺术家写给建筑师的简短致谢函。马塞尔·布劳耶（参见第 171 页）将《马塞尔·布劳耶的建筑项目》（*Marcel Breuer Buildings and Projects, 1921~1961 年*）送给了胡安·米罗，该书于 1962 年在纽约出版。布劳耶让定居巴塞罗那的建筑师、两人共同的朋友乔奎姆·吉利帮忙将礼物送给米罗。米罗为加泰罗尼亚人，却用法语向这位会说德语的匈牙利人写信表示感谢。米罗并未表示自己已经读了这本书（他的英语还很生涩），但是他"翻看了整本书，感到很有趣"，也许他并不是很喜欢，也没有做出任何评价。事实上，五六年前，米罗曾参与了书中提及的巴黎联合国教科文组织总部的相关设计工作。

1957 年，米罗和其他十位艺术家受邀参与联合国教科文组织的装饰工作。他负责设计两幅室外陶瓷壁画《太阳之壁》（*Wall of the Sun*）和《月亮之壁》（*Wall of the Moon*）。这两幅作品由米罗的长期合作者陶瓷艺术家约瑟夫·罗伦斯·阿蒂加斯负责制作。虽然米罗告诉布劳耶："你知道我多么欣赏你的作品"，不过对布劳耶的现代主义所推崇的强硬几何图形和昏暗混凝土结构而言，米罗这些五彩斑斓的壁画似乎是一剂解药。在壁画中，米罗运用极具风格的曲线和彼此交汇的图形（这也体现在了他的信件中）绘制出一个个神秘莫测、栩栩如生的标记，以及如梦如幻的形态。

胡安·米罗
帕尔马马略卡
卡拉主海滩
颂恩·阿布里内斯

亲爱的朋友，非常谢谢你托巴塞罗那的乔奎姆·吉利先生将这本书送给我。我翻看了整本书，感到很有趣，你知道我多么欣赏你的作品。
向你致以最诚挚的问候，也请向布劳耶夫人转达我的敬意。

米罗

第四章

"最好的作品"

a great personality can make

m & think that you will be plea

e opportunity and tried to ma

hould be visible at the same

are enclosed here along ver

50 francs for me for the end

, to serve you, will address th

ak down, the barriers betwee

s to join us, women artists, no

rd Friday from Mich. & was ur

red this 资助人和支持者 ser

ad at that time. I tried to expla

ur Excellency for the purpose

the master, but with my supe

e Mr Garrick is of a taller prop

all conceived in purest mela

u are to have for the Union Le

een sold in Paris and I could

圭尔奇诺和保罗·安东尼奥·巴比里致未知收件人
1636 年

希腊神话中，科林斯暴君西西弗斯被贬入下界，被罚将一圆形巨石推至山巅。但西西弗斯一旦抵达山顶，巨石就会自动滚落，因此他不得不一遍遍无休止地将石头推上山顶。1636 年，波伦亚画家乔瓦尼·弗朗西斯科·巴比里（人称圭尔奇诺）绘制了多幅以西西弗斯为主题的画作，探索和表达中年男性的身躯如何以不同方式，与不可承受的重担进行搏斗。一些画中，西西弗斯将巨石背在身上；另一些画中，他将巨石举过头顶。圭尔奇诺将其中一幅画随手画在了信的背面，画中西西弗斯环抱巨石，将其抵在胸口。圭尔奇诺可能接受了吉罗拉莫·拉努齐的委托，正在为西西弗斯的画像（已佚）做准备。随后，他又开始创作《阿特拉斯肩顶天空》（*Atlas Supporting the Celestial Globe*，巴尔迪尼博物馆，佛罗伦萨）。

圭尔奇诺重复利用的书信草稿（他并不缺白纸）是他弟弟保罗·安东尼奥写给资助人的。保罗也是一位艺术家，但他执着于描画静物等常规物体，圭尔奇诺有时会在弟弟的画作上添加人物。保罗提到了哥哥的画《亚比该缓和大卫之怒》（*Abigail Appeasing the Wrath of David*，已佚），似乎在代表哥哥就出现的误会居中调停。但是草稿上的内容过于零碎，只是大致讲解了艺术家经常遇到的问题，即如何在专业精神和服务态度之间找到平衡点。

[……]与阁下的兄弟谈过了，[……]他告诉我他对这幅作品很满意，我会针对您的嘱托做出相应修改。我很高兴，这幅画[……]获得最显赫的安东尼奥及其他人的认可，但是我的哥哥[……]听取安东尼奥和斯帕达的意见，会在给您的信件中予以回应。很抱歉我这里没有任何作品，否则我会欢喜地寄给您，以期得到您的赏识，但是您知道没有什么能阻挡我[……]创作[……]关于我哥哥的画，他在信中承诺会画些东西，我会时常提醒他[……]我会为您留下一幅，尽心尽力为您效劳。私下告诉您[……]阁下，我的哥哥从昨天开始一病不起。您在第一封信中提到要他快些回复，他会多加说明[……]按照您的吩咐，但是从朋友的立场应该不能[……]说太多，也许会让阁下失望，但是哥哥一直以来都奉您的命令行事。不过，我可以尽一己之力进行弥补[……]全心全意爱戴阁下[……]

我会尽力转圜，哥哥回应说会[……]看看[……]表达与文字是否对应。以吻封缄[……]

I have come to the conclusion that the "art world" has to join us, women artists, not we join it. When women take leadership and gain just rewards and recognition, then perhaps, "we" (women and men) can all work together in art world actions. Until the radical rights of women to determine such actions is won, all we can expect is tokenism.

When men follow feminist leadership to the extent that women have followed male leadership, then sexism is on its way out. Also, until we see women getting from 40 to 60% of the financial rewards, museum and gallery exhibitions, college jobs, etc., etc., etc., it is still tokenism. When women artists attain this, then we'll know the sexist system is over.

Hopefully women artists will not be satisfied with parity, but will continue to search for alternatives. Women's goals must be more than parity. The established patterns in the art world have proven frustrating and mostly non-rewarding to women artists since the ideal feminist stance of alternate structures is contradicted by the status quo. But such an ideal of non-elitist milieus will only prove itself over a long period. While we claim the right to search for alternatives, we don't intend to let the rewards of the system remain largely in male hands.

Women artists have only recently emerged from the underground (the real underground, not the slick storied underground of the 60's) waging concerted political actions. Our future is to maintain this political action and energy.

Nancy Spero
New York, Feb. 1976

南希·斯佩罗致露西·利帕德
1976 年 2 月

20 世纪 70 年代，美国艺术家南希·斯佩罗和评论家露西·利帕德经常会参加一些女性运动，并对男性主宰的艺术界提出质疑（当时炙手可热的展览里，参展艺术家多数或全部是男性）。起初，斯佩罗是一名画家，曾在纽约画廊办展。20 世纪 60 年代中期，她的工作内容转向媒体、政治和非商业形式的艺术。1974 年起，斯佩罗开始将工作的重心放在关注女性经历上，汇集史实、文学、视觉文化、神话等各类材料，将素描、版画、抽象拼贴画重组制成全景式卷轴。1976 年初，斯佩罗写这封信时，她正在创作《女性的折磨》（*Torture of Women*）。该作品包含了女性受害者的一系列一手资料，主要描写神秘、半神话式的女性形象。

在过去的六年里，利帕德策划了一系列前所未有的展览，仅准许女性艺术家参与。不久前，她以雕塑家伊娃·海瑟（参见第 111 页）为主题写了一本书，海瑟于 1970 年英年早逝，后成为女性主义的重要代表。斯佩罗这封信采用了官方的口吻，充满激情，读起来更像是宣言（参见第 127 页朱迪·芝加哥给利帕德的信，主题同样是女性主义，但语气更私密）。斯佩罗拥护"女性的激进权利"，支持 20 世纪 90 年代女性参政论的政治辞令，反对"门面主义"，坚持"寻求替代方案"比"平等"更重要，这些观点如今依然饱受争议。

我的结论是，"艺术界"必须加入我们，[更多]女性艺术家[要参与进来]，而不是我们加入它[指艺术界]。当女性成为领袖、得到奖项和认可，那么可能，"我们"（女性和男性）便能实现艺术领域的合作。在女性被赋予这种彼此合作的激进权利之前，我们唯一可以期待的是门面主义。

如果男性接受女性的领导，且达到如今女性接受男性领导的程度，性别歧视主义就会逐渐消亡。此外，女性在薪资报酬，博物馆、画廊展览，大学工作等方面的占比从 40% 提升到 60% 之前，它都只是门面主义。当女性艺术家达到这一比例时，我们会发现性别歧视主义已然灭亡。

希望女性艺术家不要满足于平等，而是不断地寻找其他可能。女性的目标不应该只是平等。艺术界现在的既定模式令人沮丧，因为女性艺术家大多数情况下都不具备优势，理想女性主义立场下的替代结构与现状之间还存在着冲突。但是这样理想状态下的非精英环境，需要很长时间才能自证其合理性。虽然我们宣称有权寻求替代方案，但我们并不想让系统的大部分奖项仍掌握在男性手中。

女性艺术家最近只是刚从地下走出来（真正的地下，不是 20 世纪 60 年代装潢奢侈的地下），联合发起政治运动。未来，我们要继续进行政治运动，保持活力。

南希·斯佩罗
纽约，1976 年 2 月

皮埃尔·奥古斯特·雷诺阿致乔治·夏邦杰

10 月 15 日，约 1875~1877 年

1875 年 3 月，皮埃尔·奥古斯特·雷诺阿、克劳德·莫奈（参见第 67 页）等艺术家在巴黎多罗特酒店组织了一场拍卖会。一年前，为了提高热度，他们曾共同举办了首届印象派画展，但是作品的售价仍然很低。雷诺阿售出了 20 幅画作，平均每幅 112 法郎，这个价格甚至不足同时代知名艺术家的 5%。出版商乔治·夏邦杰购买了三幅。随后五年，他成为雷诺阿最慷慨的资助人。

夏邦杰除了委托雷诺阿为自己的家人绘制肖像，还邀请雷诺阿与他一同参加每周五的沙龙。沙龙的宾客包括居斯塔夫·福楼拜和爱弥尔·左拉等作家，夏邦杰曾邀请雷诺阿为左拉的小说《小酒店》（*L'Assommoir*）绘制插画。沙龙里还有颇具影响力的自由政治家，雷诺阿希望从中得到潜在合约，如公共项目的委任。此时，雷诺阿正在创作《红磨坊的舞会》（*Ball at the Moulin de la Galette*，奥赛博物馆，巴黎）和《提着水罐的小女孩》（*A Girl with a Watering Can*，美国国家艺术馆，华盛顿），这两幅作品后来成了他的得意之作。但是，与此同时，雷诺阿在经济上陷入困境，他不断写信给夏邦杰及其夫人，请求他们帮忙支付房租（每月 400 法郎）和生活开销。雷诺阿在收到回信后，激动地拥抱了送钱来的邮差。

夏邦杰的资助让雷诺阿与其他印象派艺术家逐渐疏远，他们拒绝与雷诺阿一同办展。1878 年 10 月，雷诺阿完成了大型家庭肖像《夏邦杰夫人及孩子们》（*Madame Charpentier and Her Children*，大都会艺术博物馆，纽约）。玛格丽特·夏邦杰一定要在官方沙龙展上陈列这幅画。据卡米耶·毕沙罗观察："夏邦杰夫妇在说服雷诺阿。"这幅肖像最终得到认可。"夏邦杰夫人希望将这幅画放在一个有利的位置，"雷诺阿后来回忆，"她与评委会成员熟识，展开了猛烈的游说。"雷诺阿在这幅画上耗时一个月，报酬是 1500 法郎。这样他就不必苦苦等待邮差的到来了。

收到科尼亚克的来信。

但即使你想要表现慷慨，也请将这 150 法郎为我保管到本周末 [并且] 我会对你做曾对邮差做的事。

谨致问候。

雷诺阿

4/5/63

Dear Ellen,

I finally finished the two works you photographed at my Broad St. studio. The original cartoons are enclosed here along with some photos of earlier work. I don't seem to have black & white photos of any thing from 1951 to my recent work. I hope these are of help.

Come see us when you're in this area. Isobel sends regards.

Ray

P.S. Ileana will take the "I know how you must feel, Brad" & someone has "My Heart is always with you" probably has photos of the finished

罗伊·利希滕斯坦致埃伦·赫尔达·约翰逊

1963 年 4 月 5 日

1963 年初，艺术史学家埃伦·赫尔达·约翰逊拜访罗伊·利希滕斯坦的画室时，对他正在创作的两幅大型画作产生了兴趣，一幅是《我懂你会怎么想，布莱德》（*I Know How You Must Feel, Brad*，路德维希国际艺术论坛，亚琛），另一幅是网版印刷画《钢琴旁的女孩》（*Girl at the Piano*）。两幅画都是基于四格爱情漫画中的美国女孩形象创作的，利希滕斯坦将其剪下来，随附在信中。仅仅几年前，他刚开始在四格漫画上作画，甚至通过本戴制版法用油画和丙烯颜料对其进行再创作，但现在他已经是美国波普艺术新趋势的核心人物。1962 年 2 月，利希滕斯坦于里奥·卡斯特里的纽约画廊举办个展，开幕前所有作品就已售罄。

利希滕斯坦的书信内容虽然简短，却留下了一些蛛丝马迹，让我们得以一窥艺术界的复杂关系网。约翰逊在欧柏林学院担任讲师，致力于研究塞尚和毕加索，还在当代美国艺术品收购和展览方面给学院提供咨询和建议。利希滕斯坦理所当然地猜测，对方在他的画室内拍下照片，是为了梳理波普艺术的历史（如经证实）脉络。对艺术史学家而言，四格漫画素材显然是关键的支撑证据（但是对画商而言，毫无意义）。1966 年，约翰逊写了一篇有关利希滕斯坦的文章，评价作品《我懂你会怎么想，布莱德》采用了"有力、权威的画风"，能与安格尔 1851 年创作的莫第西埃夫人肖像画（英国国家美术馆，伦敦）媲美。在利希滕斯坦专注的波普文化和分色主义领域，约翰逊将其视为法国点彩派的美裔继承人，并评价他的作品"不同于修拉的原创漫画，同时与谢雷的画报大相径庭"。

1962 年秋，卡斯特里的前妻、罗马尼亚籍美裔画商伊利安娜·沙那班特在巴黎创办了一间画廊，成为卡斯特里旗下艺术家进入欧洲市场的渠道。1963 年 5 月，画廊举办了场景式"美国波普艺术"团体展，紧接着 6 月举办了利希滕斯坦个展，《我懂你会怎么想，布莱德》也在展品之列。约翰逊意识到这幅画有机会成为 20世纪 60 年代最有名、传播最广泛的美国波普艺术范例，并努力促成了这一点。

亲爱的埃伦：

在布罗德街画室，我终于完成了你曾经拍下的那两幅作品。随函附上原始漫画和早期作品的照片。从 1951 年到最近，我似乎从未给作品拍过黑白照片。但愿这些有用。

如果你在此区域，来看我们吧。伊莎贝拉致以问候。

罗伊

另，伊利安娜买下了《我懂你会怎么想，布莱德》，来自堪萨斯城的某个人买下了《我的心永远在你那里》。里奥可能有已完成作品的照片。

Monsieur

Voyçi la Peinture de S. Laurens en Escurial acheuie selon la Capacité du Maistre toutesfois auecq mon aduis, Plaise a Dieu que l'Extrauagance du Suget puisse donner quelque recreation a sa Ma.te, La montaigne s'appelle la sierra de S. Juan en Malagon, elle est fort saulte et erte, et fort difficile a monter et descendre, de sorte que nous auons les Nuees desous nostre veue bien bas, dimeurant en sault le ciel fort clair et Serain, Il i at en la Summité un grande Croix de Bois laquelle se decouure aysement de Madrit, et il y a de Costé une petite Eglise dediée a S. Jean qui ne se pouuoit representer dedans nostre le tableau, car nous l'aurons derriere le dos, ou que demeure un Eremite que voiçy auecq son borico, Il n'est pas besoing que en bas est le Superbe bastiment de St. Laurens en escurial auecq le village et ses allées d'arbres auecq la fresneda et ses deux estangs et le chemin vers Madrid qu'apparoit en sault proche de Longont, la montagne couuerte de ce nuage se dit la sierra tocada pource qu'elle a quasi tous jours comme un voyle alentour de sa teste Il y quelque tour e mayson a Costé ne me souuenant pas de leur nom Particulierement, mais Je scay que le Roy z'allort par occasion de la Basse montagne tout contre a main Gauese est la sierra y puerto de butrago Voyla tout ce que Je puis dire sur ce Suget demeurant a jamais

Vostre Seruiteur Tres-humble
Pietro Paolo Rubens

Mon Seig.r

Voy allcir de lox qu'au Summet nont van acheures, Serge Pizaggion comme
x le manant deux, n'il n'allez Onsez velan puir prein, Il reprende en la Peinture

彼得·保罗·鲁本斯致巴尔塔萨·格比尔

1640 年 4 月 / 5 月

这封信于 1640 年春从安特卫普寄出，几乎是国际艺术家和外交家彼得·保罗·鲁本斯的最后一封信。几周之后，鲁本斯去世，享年 62 岁。他曾受聘于英国国王詹姆斯一世，进入国家大委员会，这位来自佛兰德的艺术家活跃于各国宫廷，只为实现自己的艺术追求。后来，他接受詹姆斯之子查理一世的委托，承担秘密外交使命。1628 年秋，鲁本斯前往马德里住了几个月，为国王腓力四世作画，同时就和平协议进行谈判。同行者是另两位艺术家外交官巴尔塔萨·格比尔和安狄米恩·波特，三人与腓力四世的宫廷艺术家迭戈·委拉斯开兹成为朋友。一天，鲁本斯和委拉斯开兹爬上马德里北边的山峰，俯瞰埃尔·埃斯科里亚尔庞大的王宫建筑群。

鲁本斯在山上画了一幅素描，后来他眼中"资质平平的画家"皮耶特·沃赫斯特以其为基础画了一幅油画。作为查理一世委任的艺术顾问，格比尔想要将这幅画买下供王室收藏。鲁本斯在信中栩栩如生地描述了沃赫斯特的画，格比尔将内容转述给国王，包括山上的景色、地名以及云雾环绕的体验。

先生：

这是埃斯科里亚尔圣劳伦斯的画作，由另一位画师在我的监督下完成。上帝啊，国王看到这壮丽的景色一定会非常高兴。这座山名为塞拉圣胡安马拉贡山，山又高又陡，上下山都非常艰难，我们仿佛将云彩踩在脚下，头顶的天空干净平和。山顶有一个高大的木制十字架，即使在马德里也能看到，十字架附近有一座小教堂，为纪念圣约翰而建，教堂并没有出现在画面中，因为它在我们的背后；教堂中有一位隐士，画中有他和驴子的身影。不用我说，画面下方是埃斯科里亚尔圣劳伦斯的宏伟建筑，还画上了村庄、林荫大道、夫雷斯内达水库及两座池塘，上方是通向马德里的路，延伸至地平线尽头。那座云雾缭绕的山名叫塞拉塔卡达，因为看上去山顶似乎戴着面纱。山的一侧有一座塔和一幢房屋；我记不太清它们的名字了，但我知道国王以前经常来这里打猎。最左侧的山名叫塞拉布埃塔戈普埃尔托。以上是我所知道的一切，祝你永葆青春，先生。

你最卑微的仆从彼得·保罗·鲁本斯

我忘了说我们在山顶发现了维尼松，你可以在画面中看到它。［换了一只手用英文写下：他的意思是很稀有，种在土壤里时叫旺松。］

Dear Leo, Have your series finished — 9 in all and 1 separate piece if you need it. They are shaped this way □ & can go 2 on the facing wall 3 on each side & 1 on the small inner wall making the total 9 —

I am really terribly happy over them & think that you will be pleased by them. Now they must have some time to dry — Will have them stretched

赛·托姆布雷致里奥·卡斯特里
1964 年 1 月

　　1963 年，年轻的美国艺术家赛·托姆布雷绘制了九幅大型系列油画《关于康茂德的篇章》（*Discourses on Commodus*）。自 1957 年起，托姆布雷便在罗马定居。里奥·卡斯特里邀请他在自己的画廊办展。对托姆布雷而言，这是一次不可多得的机会，他可以借此重新与纽约艺术界建立联系。20 世纪 60 年代，卡斯特里是全世界最成功的商业美术馆经营者，曾为贾斯培·琼斯、罗伊·利希滕斯坦（参见第 27 和 103 页）等在波普、极简和概念艺术领域初出茅庐的画家策划首展。每当卡斯特里签约一位艺术家，就会为其提供充足的资金支持，他掷重金为托姆布雷购买了罗马国王奥雷里乌斯·康茂德的头部雕像。托姆布雷对此非常感谢，并以此为灵感创作了一系列油画。他把卡斯特里当作或想要当作朋友，向对方的新家人（卡斯特里于 1963 年再婚）致以"最友善的问候"，并对联合经营者伊万·卡普表达感激。

　　《康茂德》（*Commodus*）与托姆布雷的其他作品一样，都着眼于历史经典。暴君康茂德的遇刺身亡，让人联想到 1963 年 11 月约翰·F. 肯尼迪总统遇刺案，作品中的红色颜料在灰色扁平的画布上蔓延、溅开。1964 年 3 月，托姆布雷举办展览，却得到了偏负面的评价。在波普艺术时代，这种印象派画风就像过时的艺术，为什么一位当代美国画家会沉迷于"旧时的欧洲"呢？此次展没有售出一幅作品。

　　托姆布雷骄傲自大，在信中表达了乐观的态度："我对此真的非常开心。"而事实上，他迅速消沉。后来几年，他很少作画。在 1979 年惠特尼美国艺术博物馆为他举办的回顾展中，《康茂德》系列终于再次出现在美国公众面前。那时《纽约时报》评论："托姆布雷一举成名。"

　　亲爱的里奥，我已经完成这一系列的作品了，共九幅，如果你有需要，还有单独的一幅。形状均是这样 [手绘的竖版长方形] 正对的墙面上挂两幅，两侧的墙面各三幅，小内壁处一幅，如此放置这九幅画即可——

　　我对此真的非常开心，并认为你看到也会很高兴。现在，这些画需要一段时间晾干，再用高品质的干木材装裱（如果可以）。普里尼奥 [·德·马蒂斯] 想在这九幅画装裱好后，拍摄其彩色图片作为一本小书的插图。如果你想制订时间计划——或许依照我们之前所说在 3 月，因为它到了 2 月中旬才会被送到——还有其他问题吗？你需要素描吗？需要多少幅？感谢你购买了康茂德雕像。我沉迷于这个人物，并从他那儿获得灵感。也许我需要放松一下，这样就会有新的收获——向你的新家人致以最友善的问候，感谢伊万一直以来的热心帮助。

爱你的赛

温斯洛·霍默致托马斯·B.克拉克

1901 年 1 月 4 日

温斯洛·霍默在缅因州海岸的普莱斯特耐克一处山峦迭起的半岛，开设了个人的海边画室。画室带有宽敞的阳台，他可以一边作画一边眺望索科海湾的美景。1884 年，霍默离开纽约来到缅因州，将一处曾是马车房的建筑改造成自己的家庭工作室，并搬到僻静的半岛上（如杰克逊·波洛克在长岛的小屋一样），以营造一个远离世俗的环境。1866 年，霍默因绘制美国内战场景的作品《前线来的俘虏》（*Prisoners from the Front*，大都会艺术博物馆，纽约）而声名大噪，画中描绘了几位南部联邦士兵死盯着一位合众国官员的情景。19 世纪 70 年代，霍默的创作风格偏向荷兰、法国和英格兰海滨艺术群体采用的外光派（户外）。1881~1882 年，他住在英国卡勒海岸东北部的渔港。

霍默在普莱斯特耐克绘制的海边景观，起初是有关海边的人们和娱乐生活，后来转向非人物的戏剧元素，如 1895 年的作品《东北》（*Northeaster*，大都会艺术博物馆，纽约），画中狂风席卷着海浪撞向黑暗的岩壁，溅起层层浪花。此类作品为霍默带来了大量收入。霍默在信中用文字向托马斯·B.克拉克描述了另一幅同类作品——1900 年的《莱斯特耐克最西边》（*West Point, Prout's Neck*，克拉克艺术中心，威廉斯敦）。信中潦草的自画像似乎说明，他在阳台可以看到海湾对面的灯光；在画中，霍默抹去了人们的生活痕迹。

霍默性格幽默自信，他简短的商业笔记丰富了纽约的文化历史。霍默的画商诺德勒公司，主要将当代作品和大师画作转手给富裕的私人收藏者或大型收藏机构。克拉克曾经是亚麻生产巨头，后成为全职的艺术品经销商，不仅身为联合同盟俱乐部艺术委员会主席，还是金融家约翰·皮尔庞特·摩根的顾问。摩根是大都会艺术博物馆极为慷慨的捐助人，并于 1904 年成为大都会艺术博物馆总裁。

缅因州士嘉堡

亲爱的克拉克先生：

我今天将您为联合同盟准备的最后三幅作品寄给了诺德勒先生。

我想这是我画过最好的作品，名为《莱斯特耐克最西边》。我在莱斯特耐克一端俯瞰海湾和老果林——你可以在画面的右侧看到西边的灯光。我没有在这些作品上标注价格——诺德勒先生会在大约一周内将其售出——我每一幅画都是如此。（两幅除外，一幅在缅因州波特兰的坎伯兰俱乐部，一幅在我的画室）

你最真诚的温斯洛·霍默

托马斯·B.克拉克先生
纽约州纽约市西 34 街 5 号

Dear Dr. Papanek Memo

Heard from Michigan + California. Both are yes!

Spent a difficult weekend since I heard Friday from Mich. + was unhappy. Today I feel great! Will write and see you soon.

My dad is ill, nothing serious I hope.

I have needed the pills or it. That is fine.

Love

Eva

伊娃·海瑟致海伦·巴巴纳克

1959 年 4 月 6 日

此时是伊娃·海瑟在耶鲁大学艺术与建筑学院的最后一个学期，她的焦虑症和抑郁症复发，令她痛苦万分。她从 17 岁开始接受精神治疗师海伦·巴巴纳克的治疗。1959 年 3 月 14 日，海瑟告诉巴巴纳克，自己起床后无法自主呼吸，于是被送往耶鲁精神卫生中心，但很快她就获许出院，这在海瑟看来为时过早。巴巴纳克在信中直接指出："听说你心情很沮丧、很焦虑，我很难过……我以为你已恢复了。"海瑟笃定自己是因为课程作业和亲密关系而导致情绪慌乱，又补充了一句"但我担心，原因还有很多"。

3 月 27 日，海瑟在纽约碰到巴巴纳克，吐露有自杀倾向。巴巴纳克给她配了些抑制精神紊乱的药物。"谢谢！"海瑟两天后写信称，"与你聊天获益良多。"药也起到了效果。巴巴纳克将海瑟旧疾复发的消息，告诉了海瑟在耶鲁的医生劳伦斯·费里德曼。她被诊断为"想要控制他人，有内疚感，且因内疚情绪而需要更多支持，不断地恶性循环"。费里德曼同样认为海瑟正在好转，表示她已经完成了博士论文，还找到了暑期工作，但是费里德曼也承认新的危险出现了。海瑟曾要求他开丙氯拉嗪。巴巴纳克在同一天接连收到海瑟和费里德曼的信。海瑟称："我感觉生活变好了几天，但又沮丧起来。"巴巴纳克回复道："无论你什么时候想要来纽约见我，告诉我。"海瑟在明信片上写下一封回信，为这段强烈、坦率、痛苦的频繁通信期画上句号，她在信中提到了新工作、家人和男友的近况，并向巴巴纳克表示："我感觉很好！"但这封信并不是海瑟的结局。

1964 年，海瑟遇到美国极简主义雕塑家索尔·勒维特，开始从事雕塑创作。她形成了自己独具特色的极简主义风格：采用不规则的结构、有机形态和解剖模型，用以替代机器抛光表面和反表现主义的冷静。她用织物、玻璃纤维和乳胶进行实验，通过作品传递"荒谬或极致的感情"。海瑟年仅 34 岁就死于脑瘤。逝世后，海瑟留下的作品对雕塑艺术产生了深远的影响，特别是在诠释女性人体艺术方面。

亲爱的巴巴纳克医生：

我收到了密歇根和加利福尼亚的来信。双方都同意了！

自从周五收到密歇根的信后，我度过了一个糟糕的周末。很不开心。今天我感觉很好！很快会回信给你，并前去拜访。

我的爸爸生病了，希望情况不严重。

我时断时续地服药。切特近来很好。

爱你的伊娃

Sept. 5th

Dear Mr Beatty

I have long been
wanting to write to you, &
have hardly known how. It
is so long ago that I had the
pleasure of meeting you in Paris
that you may have forgotten
the conversations we had at that
time. I then tried to explain
to you my ideas, principles I
ought to say, in regard to juries
of artists, I have never served
because I could never reconcile
it to my conscience to be the
means of shutting the door
in the face of a fellow

玛丽·卡萨特致约翰·卫斯理·比提
1905 年 9 月 5 日

玛丽·卡萨特出生于阿利根尼（现位于匹兹堡）的一个富裕家庭，1864 年，她跨越大洋前往欧洲学习艺术，1874 年在巴黎落脚。1879 年，卡萨特受埃德加·德加邀请参加第四次印象派画展，她的风格与印象派完全一致，于是在画商保罗·杜兰-瑞尔的精心策划下，她获得了商业上的成功。1894 年，卡萨特购置了勃福莱纳城堡。她就是在这座城堡里，写信给匹兹堡卡耐基研究院院长约翰·卫斯理·比提的。

比提邀请卡萨特担任研究员年度艺术展的作品评审，但她礼貌地拒绝了，并解释评审制度是如何抑制创造力和原创性的。她引证了 1884 年成立的独立者沙龙（官方沙龙的补充机构）"无评审团，无奖励"的理念。卡萨特会用其他方式予以卡耐基研究院帮助，尤其是后来在国际咨询委员会工作的时候。

亲爱的比提先生：

我很早就想给你写信了，只是不知道从何谈起。上次与你在巴黎的愉快会面已经过去了很久，你可能已经忘记我们当时的谈话了。我那时尽力向你解释我对于画家评审团的想法，或者说我的原则。我从未进入评审团，因为我不能昧着自己的良心，亲手关闭艺术家朋友面前的大门。我想评审制度可能会带来这样的结果，假如展览在卡耐基研究院举办，无疑会有很高的平均水平。但是在艺术中，我们想要保证即使是星星点点的天才想法也都不会被泯灭，因为这才是终将留存下来的东西，是有必要弘扬的事物——巴黎的"独立"概念起初是印象派发起的，它是我们的展览和很多其他展览所秉持的理念，不设立评审团。过去十年，许多有创造力的天才画家在我们这儿举办首展，但却无法在官方沙龙里获取一席之地。艺术家是一种被奴役的职业，就好比一位作家只有经过作家评审团审核之后，才可以发表文章，更不用说还可能受到对手打压——

很抱歉解释这么多，这个主题让我有些激动。于我而言，这似乎是艺术家职业生涯中一个非常严重的问题，我无法加入研究院评审团的原因有多种，不过我愿意为研究院做其他简单的工作。院长，能够在你投入极大心力的研究院工作是我的荣幸。关于作品，今年我手中没有任何作品，我的所有作品都已在巴黎售出，这些作品已经属于买家，所以我没办法要求他们寄给我。

请接受我诚挚的歉意和解释，请信任我，亲爱的比提先生。

最诚挚的朋友玛丽·卡萨特

Dear Lou. —   It was good to get your letter.
I hardly know what to advise — The housing
shortage in N.Y. (as every place is) is
terrific — don't think there is any thing
to be had — possibly a cold water flat on the
lower East side.

We are about 100 miles out on Long Island
three hours on the train. Have been here
thru the winter and we like it. We have
5 acres a house and a barn which I'm
having moved and will convert into a studio
The work is endless — and a little depressing
at times. — but I'm glad to get away from
57th Street for a while. We are paying
$5000 for the place. Springs is about 5 mile
out of East Hampton (a very swanky wealthy summer
place). — and there are a few artists — writers
etc. out during the summers. There are a few
places around here at about the same price.

杰克逊·波洛克致路易斯·邦斯
1946 年 6 月 2 日

1943 年 11 月，杰克逊·波洛克在佩姬·古根海姆的世纪艺术画廊首次举办个展。波洛克与古根海姆签订了协议，这让他可以成为一名全职画家（之前他还要通过装饰口红包装盒等零活维持生计）。他谦虚地告诉朋友、曾经的同窗路易斯·邦斯，自己的工作得到了"很好的正面反馈"[1944 年现代艺术博物馆买下了他的《狼与人》（*She-Wolf*）]。1945 年 10 月，波洛克与艺术家李·克拉斯纳结婚（参见第 205 页）；几个月后，这对夫妻离开了"充满空虚感"的纽约，来到长岛斯普林斯。波洛克用幽默的方式表达了自己的不满，听上去似乎想成为艺术界的喜剧人（他提到了托马斯·哈特·本顿——他和邦斯在艺术学生联盟的传统主义导师）。波洛克将斯普林斯的车库重新装修为画室，根据信中的描述，他将在画室的地上首次创作"滴画"作品。

亲爱的路：

很开心收到你的来信。我不知道该给你什么建议——纽约的住房短缺非常严重（各地都是）——我想什么都买不到——可能只有下东区仅供应冷水的公寓。

我们坐了三个小时的火车，经过大约 160 千米到达长岛。我们整个冬天都待在这儿，也很喜欢这儿。我们的房子有 5 英亩，以及一个车库，我已经搬进去了，计划将车库改造为画室。创作永无止境——有时会有些小抑郁——但我很开心可以暂时离开第 57 街。我们花了 5000 美元买下这个房子。斯普林斯距离东汉普顿（繁华的避暑胜地）约有 8 千米——每到夏季，有些艺术家和作家便会去那里避暑。周围有几处房屋也是类似的价格。

正如你所知，战争期间我可以一直从事绘画创作——很感谢有这样的机会，我也努力把它充分利用了起来。我从公众和批评家那儿获得了很好的正面反馈（喜欢我的作品风格）。我在搬家的过程中遇到了一些困难——重装灯具、装饰空间——天哪，要做的改变还有很多，但是我感觉马上就要开始工作了 [……]

在你提到的所有画家中，我认为巴齐奥蒂是最有趣的——高尔基的绘画风格有了令人欣喜的新转变——从毕加索、米罗到康定斯基和马塔。戈特利布和罗斯科正在创作有趣的东西——普赛特-达特也是 [……]

本月的艺术杂志对本顿发起了犀利的口诛笔伐——几年来我一直有这样的预感。在我离开纽约前，本顿就来过这里。他说他喜欢我的东西，但是你知道其中有多少真实的成分。

向伊德和约翰问好，我们希望能听到你的进一步计划！

杰克

列奥纳多·达·芬奇致卢多维科·斯福尔扎
1482 年

达·芬奇 30 岁时，离开家乡佛罗伦萨来到米兰，想从米兰的实际掌权者卢多维科·斯福尔扎那里谋得一官半职。达·芬奇了解卢多维科的军事野心后，写信列出了十条建议（由抄记员整齐誊写），显示自己作为工程师的天赋。他还像写后记一样，提到自己与"其他任何"艺术家一样优秀。不久后，达·芬奇被斯福尔扎宫廷任命为"工程师兼画家"，并就此留在米兰，直到 1500 年才离开。

最显赫的勋爵：

我观察并仔细考量了那些自称为军事武器大师、发明家的成就［……］想要尽力向阁下展现自我，同时毫无贬低他人之姿态，意欲将我的秘密和盘托出［……］

1. 我计划建造轻巧、坚固、易运输的桥梁，在某些情况下，可用于追击、驱散敌人［……］

2. 我知道，在围攻某一块地形时，如何将水从壕沟抽走，如何建造大量的桥梁、掩体、云梯［……］

3. 另外，如果在围攻某地形时无法在炮火中前进，无论原因是斜坡的高度或地形的情况或位置使其难以攻陷，我都有方法可攻陷所有堡垒［……］

4. 同时，我的大炮极易操作、便于运输，可以像雹暴一般投掷小石子［……］

5. 还有，我有办法通过矿道和秘密的蜿蜒通道，到达指定位置［……］

6. 另外，我可以制造隐形战车，安全，不易被攻击，可以深入敌人内部及其炮兵部队［……］

7. 以及，如有需要，我可以制作大炮、迫击炮、轻型炮，它们设计精妙、功能强大［……］

8. 如果大炮在当时无法使用，我可以组装石弩、投石器、抛石机等高效能武器［……］

9. 如果海战一触即发，我有多种武器模型，无论在攻击还是防守阶段都有极强的适应性［……］

10. 在和平年代，我相信能与其他任何人一样提交完整且令人满意的方案，包括建筑领域、公共和私人房屋结构，以及实现两地之间的调水。

另外，我可以用大理石、青铜和黏土进行雕刻。不仅在绘画方面，我在其他领域也与任何人不分伯仲［……］

如果任何人认为以上事物无法实现或不可行，我完全可以在您的花园里演示，或者在任何阁下认为合适的地方为您演示。我以最谦卑的姿态向您自荐。

Dezember 1911.

Lieber Dr. E.

„Die Offenbarung"! — Die Offenbarung eines
betreffenden Lebenstaus, ein Dichter, ein Künstler, ein Wissender,
ein Gläubiger kann es sein. — Haben Sie schon gespürt welchen
Eindruck eine große Persönlichkeit auf die Mitwelt ausübt?
[...]

Egon Schiele.

埃贡·席勒致赫尔曼·恩格尔

1911 年 9 月

  1911 年春,埃贡·席勒在维也纳的米斯克画廊举办了首场个展。这场画展上陈列了多幅梦境画,包括《启示》(*Revelation*,立奥波德博物馆,维也纳),画中两人形容枯槁,似乎被捆绑在了一起,他们身披条状布料组成的五彩袍,在画面中央形成了明亮的三角形色块。这幅画被牙医赫尔曼·恩格尔买走了。恩格尔是席勒的一位早期支持者、批评家亚瑟·洛斯勒介绍来的。当时,席勒居住在克伦洛夫(现为捷克克鲁姆洛夫)的一座小镇,但因为雇用当地女孩作为模特,绘制带有明显情欲色彩的裸体画,他很快便引起了当地人的愤怒,并不得不逃离那儿。夏末之时,席勒搬回维也纳附近,此时他收到了恩格尔的询问。

  如果恩格尔仅仅希望这位臭名昭著的年轻艺术家用简单的语言解释这幅怪诞作品,他一定会因为席勒的来信更加困惑,席勒在信中热情洋溢地表达了富有神秘感的观点(“身体具有其特有的亮光”“星星点点的光芒”“陶醉地流动”)。恩格尔曾为席勒治疗牙病,作为回报,席勒为恩格尔的女儿特露德绘制肖像(兰多斯艺术博物馆,林茨)。画面呈现的是一位自信的年轻女性,浓密的黑发纠缠在一起,但是特露德特别讨厌这幅画,用匕首将其刺破。恩格尔似乎对席勒的艺术作品不痛不痒,后来他草率地将从席勒那儿买来的画送给了别人,包括《启示》。

亲爱的医生:

  《启示》!——某个人的启示;可以是一位诗人、一位艺术家、一位智者、一位巫师——你是否感受过一位伟人能给世界造成多大的影响?一定会有一位——画作必须能够自己发光,身体具有独特的亮光,人们在一生中会逐渐消耗、燃烧、熄灭——背景中的人物?——这一半描绘的应该是伟人的视角,一位颇具影响力的人正狂喜地跪下,匍匐在伟人面前,而伟人无须睁眼便可看到,那位腐烂的人身上散发出橙色或各色星星点点的光芒,如此强烈的光线下,匍匐着的人陶醉地流动到伟人的身体里——右侧都是红色、橙色和深棕色的,左侧是与右侧相似的人,虽与伟人相似,却也有不同——电的正负极。画作想表达的是,跪在地上身形矮小的人,会融入那位光芒万丈的人。以上就是我对《启示》这幅画的解释!

埃贡·席勒

威廉·霍加斯致 T.H.

1746 年 10 月 21 日

  演员大卫·加里克和詹姆斯·奎因是 18 世纪伦敦表演舞台上的两颗明星，两人的体型和表演风格都异于常人。与加里克相比，奎因更年轻，"能非常自然地朗诵平实、熟悉的对话"，充分诠释莎翁作品中悲剧角色的苦难。在《奥赛罗》（*Othello*）中，奎因的表演"撕心裂肺"且"情感充沛"。1743 年，加里克因在《理查三世》（*Richard III*）中担任主角而一举成名，他为这个角色增添了浪漫、自由和偶像的雄性魅力，这几点在威廉·霍加斯 1745 年为其绘制的肖像（沃克艺术画廊，利物浦）中得到深刻体现。霍加斯基于"美丽曲线"理论，将画中加里克的身体描绘成 S 形，再现了演员表演时的戏剧效果。1746 年 6 月，霍加斯发布了该画的版画版本，上面还印有加里克的签名。

  这封信是霍加斯写给诺维奇某文学社成员"T.H."的，表达了自己长期以来对人的个性和传统人体比例的兴趣，也是对版画批评之声的回应。信件的时间为 1746 年 10 月，与奎因和加里克在伦敦柯芬园剧院同台表演的时间相吻合。

致 T.H.

诺维奇邮局

先生：

  如果将奎因先生的体型压缩为加里克先生版画的大小，那么两人相比，奎因先生看起来会更矮一些，因为加里克先生的比例显高。

  [图例]

  将这些人物都翻倍，但每次只展示一位，然后询问哪一位最高。

你的 W.H.

Düsseldorf, den 16. November 1966

Sehr geehrter, lieber Monsignore Mauer!

Ihre Auskunft über „Innsbruck"
hat mich gefreut und ich bedanke
mich für ihren Brief.

Die Edition Block ist äußerlich gesehen
eine Kassette in den Maßen wie auf
der beiliegenden Karte beschrieben.
Von mir gemeint ist, dass man das
ganze Objekt in irgendeiner Weise auseinander
legt und in einen flachen Rahmen
oder Kasten einrahmt. Wichtig ist
für mich, dass man alle Teile zur gleichen
Zeit zusammensieht.

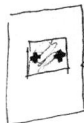

Zeichnung
mit 2 braunen Kreuzen
in Ölfarbe

Text I Text II

Kassette   halb filzkreuz

Es ist einfach, aber für mich eine wichtige Arbeit,
ein ziemliches Mysterium. Ihr schon gedruckt

约瑟夫·博伊斯致奥图·摩尔

1966 年 11 月 16 日

在 20 世纪 60 年代的欧洲实验艺术舞台上，奥图·摩尔是一位不可思议的人物。作为天主教牧师、纳粹时代的抵抗者，他多次被逮捕又多次平安度过。战争后，他成为维也纳圣斯蒂芬大教堂的高级传教士。1954 年，摩尔负责管理教堂旁的画廊。此后的 20 年间，摩尔将圣斯蒂芬教堂旁的画廊改造成了行为艺术、装置艺术和概念艺术的展厅，曾展出德国雕塑家、行为艺术家兼活动家约瑟夫·博伊斯的作品。他还为画廊建造了一座大型现当代艺术收藏馆。

1966 年 11 月，潜在的收藏家约瑟夫·博伊斯写信给摩尔，提及计划与布洛克出版社合作创作"多版本"作品（以多版本形态存在或呈现的艺术作品）。布洛克出版社是柏林美术馆经营者雷尼·布洛克新成立的一家出版社。"多版本"作品与博伊斯的"混棕色"（Braunkreuz）系列存在关联，该系列名源自一种红棕色的家用涂料，自 1958 年起博伊斯在多幅作品中均采用了这一颜色。与博伊斯喜爱的其他材料相同，混棕色涂料具有木制感，呈现凝固膏状，既平凡无奇又具有模糊的神圣感，让人联想起鲜血、土壤和生锈的钢铁。当时，博伊斯在杜塞尔多夫国家艺术学院任教，被广泛认为是提倡"艺术扩张"至日常生活的人中最具影响力的一位——一位萨满式的行为艺术家，通过公共"行为"，将迥然各异的物品与黑板上的文本、艺术家与观众之间的对话相融合。博伊斯最近的一次行为艺术作品《欧亚西伯利亚交响曲 1963》（Eurasia Siberian Symphony 1963），于 1966 年 10 月 31 日在雷尼·布洛克画廊展出。该作品影射了冷战期间的地缘政治和战后分裂的德国，一只毛茸茸的兔子叉开腿坐在黑板上沿，黑板上是博伊斯画的倒 T——就像"十"字的一半，可参见对页信中的图案。

布洛克宣称"未来属于'多版本'作品"，他找到博伊斯，想要成为其首选的出版合作方之一。博伊斯本人也认可"多版本"的概念，并继续创作了更多类似的作品。"我喜欢用不同的形式表现对象，"博伊斯回忆道，"如果你拥有了我的'多版本'作品，那么你便拥有了我的一切。"

尊敬的摩尔主教！

我很高兴收到您就"茵斯布鲁克"的询问，感谢您的来信。

布洛克版本的外观看起来像是一盒磁带，具体尺寸请参见随附的卡片。

我的想法是，所有的物品都可以用某种方式拆开，随后再将其放在有一定深度的框架或盒子中。

对我而言，重要的是作品的全部必须同时可见。

用两份混棕色涂料绘制油画。

这很简单，但对我而言是重要的作品，是实际存在的神秘事物 [……]

Dear Sam

So now you have "Tundra" and "The Lake" I am very glad I think my paintings will be around quite a while as I percieve now that they were all concieved in purest melancholy.

The drawing that you have is called "The Galleries" as upstairs in a church "the balconies divisions" almost floating position of attention I think the drawing has the quality of that experience a particular twilit melancholy. I like it very much! I like your paintings too and hope that if my work ever received the recognition of a "show" that you will send them all.

I hope all is well with you. I do not worry about you because I have great confidence in you.

I am staying unsettled and trying not to talk for three years. I want to do it very much.

I stored my small paintings (old, no good) with Mr. Kimbal Blood #275 Sherman Conn. 06784 phone 203·EL4·8828 I wish you would mail him my drawings

I cannot thank you—words failing—for your encouragment and support. Cannot write without trying

Best wishes always
Agnes.

My address
c/o Rose Caputo Att. 15 Park Row 38
New York NY 10038

艾格尼丝·马丁致塞缪尔·J. 瓦格斯塔夫

　　艾格尼丝·马丁写信给收藏家朋友塞缪尔·J. 瓦格斯塔夫，提及瓦格斯塔夫近来购置的两幅画。此时，艾格尼丝正在加拿大和美国两地进行为期 18 个月的自驾游。实际上，艾格尼丝 1967 年创作的《桑德拉》（Tundra，哈伍德艺术博物馆，陶斯）是她离开曼哈顿出游前的最后一幅画作，过去十年，她一直在曼哈顿下城的画室里创作。现在，艾格尼丝将一切变卖，把作品封存好，跳上卡车出发旅行。直到五年后，她才重新拿起画笔。

　　瓦格斯塔夫是康涅狄格州哈特福特伟兹沃尔斯博物馆的馆长，1964 年他策划了"黑白灰"画展，展览汇聚了 21 位新生代美国艺术家，包括艾格尼丝·马丁、贾斯珀·约翰斯、罗伊·利希滕斯坦、艾德·莱因哈特、赛·托姆布雷、安迪·沃霍尔等，是极简主义画作和雕塑的首次全面展示。20 世纪 60 年代，艾格尼丝在 0.05 平方米带铅笔网格的画布上作画，呈现出独一无二的冥想特征和极简风格。

　　艾格尼丝告诉瓦格斯塔夫，她的作品"透露出极致的忧伤"，突出表达了一种宁静和沉思，人们认为这与她一生因精神分裂症苦苦挣扎有关。为了自我疗愈，艾格尼丝制订了"居无定所""三年不说话"的计划。1968 年，艾格尼丝回到新墨西哥州北部，在陶斯附近一处与世隔绝的地方，用泥砖和原木建造了自己的住所及画室，在这里，她"终于获得了心灵的宁静，实现了不完美的救赎"。

亲爱的山姆 [塞缪尔的昵称]：

　　所以，现在你买下了《桑德拉》和《湖》，我很开心。我想现在你已经收到我的画了，那些画都透露着极致的忧伤。

　　你手中的素描叫作《画廊》，就像教堂楼上的"阳台区域"，很容易被人忽略。我认为素描拥有一种黄昏时独特的忧伤感。我非常喜欢！当然，我也很喜欢你的画，如果我的作品得到"画展"的认可，希望你可以将它们悉数寄来。

　　我希望你一切都好。我对你很有信心，因此一点也不担心你。

　　我目前处于居无定所的状态，决意三年不说话。非常期待实施这一计划。

　　我将自己的小幅作品（很久之前的画，质量不高）存放在卡姆巴·布拉德先生那儿，康涅狄格州 275 号 06784，电话203. EL4.8828，希望你能把我的画寄给他。

　　不知如何感谢你——无以言表——谢谢你的鼓励和支持。希望能得到你的帮助。

　　谨致问候。

艾格尼丝

我的地址
转寄：纽约公园路 15 号的萝丝·卡普托，邮编：NY10038

but, of course he was right. Anyway, you know...in this time of great change, when tedious work is becoming unnecessary, and new ways have to be provided for people, artmaking and art become essential. If the relationship of the artist to her community changes, then people can "be involved" in art in a way they are not now, and the artist can cease to be victim, the barriers between art forms will break down, the barriers between art "roles" will end. Anyway, that's what I'm thinking about. I am asking; What has to be accomplished during this decade so that the women artist no longer has to be double victim, victim as artist and as woman? Obviously, we need to introduce our historic context into the society...ie. make women's art history available in every school, develop a new way to speak aboat women's art and have that go on on a large scale, send teams of women trained in feminist educational techniquee into the schools around the country to help women make contact with themselves and work out of themselfes, disseminate lots of information on what 's going on, the new ways of thinking...all of that hopefully will happen out of the workshop. There are some fantastic women coming into it' God, I wish you were with us. Then, we'd really have the market cornered.

                 Enough...Love and kisses and all that,

                            Judy

This is definitely not a "cool" letter...

somewhere over the.... Oh, no!

← Corny!

朱迪·芝加哥致露西·利帕德
1973 年夏

朱迪·芝加哥给批评家、策展人露西·利帕德（参见第 99 页）写的信足足有三页之长，用打字机打印而成，她以玩笑的口吻对利帕德在巴伦西亚加州艺术学院举办的女性概念艺术展评论了一番。芝加哥与米里亚姆·夏皮罗在加州艺术学院共同创立了女性主义艺术项目。两人和 21 位学生一起创建了"女性之屋"，他们修复了好莱坞一处破败的老房子，用于陈列一系列女性主义装置以及行为艺术作品。"女性之屋"成为首个在全美取得影响力的女性主义项目。1973 年，芝加哥在洛杉矶作为联合创始人建立了女性主义工作坊，后来她又用四年创作了《晚餐》（*The Dinner Party*，现代艺术博物馆，旧金山），将历史中 39 位著名的女性安排在三角形餐桌旁。芝加哥在给利帕德的信中说："我要淡出公众生活"，宣告了这一转折性的时刻。

你好，我亲爱的露西……

昨天，我在加州艺术学院观看了你的画展，开心惊喜地告诉你我喜欢它……你可以想象一下，我那坦诚的犹太灵魂是如何为这些极具概念性的艺术所震撼的……非直觉，你知道的，如果它不感伤，我不会理解它……不过，我觉得画展非常有意思，肯定与男性概念艺术不同，更加私密，更注重主体，当然也更女性化 [……]

你知道，过去几年许多人起哄问我"政治活动"是否影响了我的艺术，而且这样的问题总让我似有似无地感到内疚 [……] 我突然意识到，这种感觉与之前人们暗示我似乎突破了"女性角色"界限，进而产生的内疚感是类似的……的确，我现在正决心突破"艺术家角色"的界限 [……] 艺术家的角色要求，与女性一样，是受害者……依赖既有利益团体的支持 [……] 无论如何，你知道……在这个大变革的时代 [……] 艺术创作与艺术都极其重要。如果艺术家与社群之间的关系发生改变，那么人们可以用与现在不同的方式"参与"艺术，艺术家不再是受害者，艺术形式之间的屏障将会被打破，艺术"角色"之间的障碍也会被摧毁 [……] 我想问问：这十年需要做出哪些成就才能让女性艺术家不再是双向受害者，即作为艺术家和女性同时受到的伤害？显然，我们要把历史背景引入社会……例如，每所学校都要教授女性艺术史，探索叙述女性艺术的新方式，并扩大推广范围，派遣接受过女性主义教育技能培训的女性团队前往全国各校，帮助女性与自我接触、了解自己，传播大量现实信息、思考新方式……希望这一切能在工作坊外实施。很多优秀的女性已经参与进来。上帝，希望你与我们同在。这样，我们才能真正博得市场关注。

至此……爱你吻你，以上。

朱迪

第五章

"嗨，帅哥"

d I'll have my arms around yo
ght. I cant remember of what
s for no other woman and tha
for a moment your tender fee
hen all that is left is an inch
more than the accidental rea
which she has made so perso
gether forever once and for a
d – no both hands – & just lo
s a note! 爱情 Oh I am looking
eaks and loves, intelligent flow
me – it's never been like this
-piece bathing costume for m
fering. I cry and you remain s
es like some smooth girl bath
s me comfort now and helps
e and it will be so dark when
you that I can always love

Diego, mi amor,
No se te olvide que en
cuanto acabes el fresco
nos juntaremos ya para
siempre, sin pleitos
ni nada — solamente

para querernos
mucho.

No te portes mal y
haz todo lo que Emmy Lou
te diga.

Te adoro mas que
nunca. tu niña
Frida
(Escribeme)

弗里达·卡罗致迭戈·里维拉
1940 年

    1928 年，弗里达·卡罗与墨西哥壁画艺术家迭戈·里维拉相识相知，第二年步入婚姻殿堂。然而，两人之间浓烈的爱情却受到里维拉多次婚外情和卡罗流产的打击；1939 年，两人离婚，又于 1940 年 10 月复婚。卡罗在少女时期，就因为出车祸而身负重伤，身体健康状况一直很差（她短暂的一生共接受了 32 次手术），未能孕育子女。她与里维拉复婚前，在旧金山圣卢克医院住院观察，将手表、首饰放在信封中托医院看管，并在信封上留言。后来，卡罗将这些物品留在里维拉的画室，里维拉则在画室为旧金山城市学院创作壁画《泛美统一》。与此同时，卡罗正计划前往纽约。她打趣地建议里维拉不要违背两人共同的朋友、年轻艺术家埃米·卢·帕卡德的意愿。在墨西哥，埃米与这对画家夫妇生活在一起，同时也是里维拉壁画项目的得力助手。

迭戈，我的爱：

    记住一旦你完成壁画，我们将会永远在一起，永不分开，没有争执或其他任何问题，留下的只有对彼此的爱慕。

    约束自己的言行，听埃米的话。

    我对你的爱绵延不绝。

你的女孩弗里达

（写信给我）

Wednesday

Hey beautiful

Just got your letter — "oh for just a
chance to love you — could I love you — can't
figure out whether I like the radio on or off —
Je t'aime — God you mean a lot to me — it's
never been like this before in my life. I cleaned
the studio — made the bed — I like it so much —
the white palette things are sort of in the
middle of the room — I can't paint against
the wall like you had them — I'm using the
paint off your palette — I feel so close to you —
I'm still working on that green & black thing —
so slow and it's so big — started a couple more
little — nothing much — I keep thinking we
could live here together but I mustn't think at
all. Drank a bottle of bourbon with Guston last
night — talked about painting — we don't agree at
all but he was nice — he doesn't like Gorky or
de Kooning — likes Mondrian & more intellectual or
classic or whatever you call them things. I
would like to paint a million black lines all
crossing like Beckman — to hell with classicism —
this is only momentary — beautiful — agony & not

琼·米切尔致迈克尔·戈德堡
1951 年夏

　　1949 年，琼·米切尔抵达纽约，加入了第八街俱乐部——抽象表现主义艺术家的聚集地。在这里，她遇到了威廉·德库宁、弗朗兹·克莱恩和菲利普·加斯顿，这些人都比她年长许多。此外，还有一位与她同岁的抽象派画家、退伍士兵迈克尔·戈德堡。1951 年 5 月，未来的画廊管理者里奥·卡斯特里策划举办了第九街展，米切尔和戈德堡都参与了本次展览，并就此产生了炙热的情感。这封信写于这段婚外情开始之际，可能是米切尔在曼哈顿的新画室之中写成的。米切尔引用了帕蒂·佩姬的最热单曲《能否爱你》（*Would I love you*）中的那句"哦，多想有机会爱你——我能否爱你"，并询问戈德堡新画廊的展览如何，还称"白天真的好长"，寄信时间为 1951 年夏（米切尔的首场纽约个展于 1952 年 1 月在新画廊开幕）。米切尔有自己的收入，承诺为戈德堡提供金钱，并给予他爱情。在信的末尾，米切尔似乎无意中呼应了佩姬的歌词："拥你入怀，我毕生之目的。"

周三

嗨，帅哥：

　　刚收到你的信——"哦，多想有机会爱你——我能否爱你"——我不清楚自己是否想打开或关闭音乐——我爱你——上帝啊，于我而言意义重大——在我的生命中从未有过这种感受。我将画室打扫干净——整理床褥——我非常喜欢它——我没办法像你一样对着墙作画，于是把白色调色板等画具放在了画室中央——我用了你的调色板上的颜料——感到与你如此亲密——我还在创作那幅橘绿黑交错的画——进展缓慢、工作量很大——我承接了其他工作——工作不多——我不停地幻想我们可以一起住在这里，但还没有考虑周全。昨晚，我与加斯顿一起喝了杯波旁威士忌，聊到了绘画——我们之间观点不同，但是他人很好——他不喜欢戈尔基和德库宁——喜欢蒙德里安，或者更加睿智和经典的类型 [……] 如果能见到你，那该多么美好。我现在没有钱给你，但是——大约一周后——我就有钱了。我正在品尝你留在窗沿上的酒——仿佛正在吻你——这就是我所做的一切。你何时才能来到我身边？？[……] 今晨我坐在公园里，幻想着你就在我身边，一起谈论许多未曾提及的话题，聊累了我就牵着你的手 [……] 我兴奋至极，新画廊——你对这一切有什么看法——我应该在那里办展吗——没有你，绝无可能——我想死——但我不会去死 [……] 有一天，我们会在房间里放满画布，你会有许多画笔，以及许多黑色、白色和深镉红颜料，你可以一次把它们都用完。亲爱的，我将抱着你入睡。晚安——爱你。

J.

Rome ce 19 octobre.

ma bien aimée, ma bonne julie. vous êtes un ange sur la terre.
combien vous me faites d'écrire mes torts, que j'ai de peine d'avoir
douté un moment de vos tendres sentiments à mon égard.
mais aussi quel bonheur et comme d'entendre de vos mêmes
les tendres assurances. non ma belle ne regrettez pas d'avoir
épanché votre cœur avec celui qui vous adore, et qui existe
et ne vit que par vous et pour vous. ma charmante amie
n'ayez donc plus de regrets avec moi; je n'aurai jamais pour
vous le moindre secret vous verrez toujours mon âme toute entière,
que de votre côté. et s'il en soit de même coûte moi le seul ⟨plaisir⟩
plaisir, comme le ⟨moindre⟩ petit chagrin, je vous consolerai du
mieux que je le pourrai, jusqu'à ce que les nœuds les plus
tendres nous unissent à jamais. c'est moi qui suis malheureux
ma tendre amie de ne vous plus voir, il vous est impossible
de vous l'imaginer, au point que si j'en avais les moyens
je repartirais pour paris, uniquement pour vous mon aimable
amie; j'ai relu cent fois cette charmante écriture au crayon
je vais continuellement de la lettre au portrait, et me semble
vous voir, je vous parle mais hélas, vous ne me répondez pas
c'est ici à chez moi qu'un triste silence interrompu par le bruit
d'une cloche ou d'une pluie qui tombe par torrents, accompagné
d'un tonnerre qui a l'air de prolonger l'anéantissement du —
monde entier. je me suis couché à neuf heures du soir et jusqu'

让－奥古斯特－多米尼克·安格尔
致玛丽－安妮－朱莉·福雷斯捷
1806 年 10 月 18 日

  1806 年 6 月，让－奥古斯特－多米尼克·安格尔与年仅 17 岁的朱莉·福雷斯捷订婚。安格尔曾师从法国伟大的画家雅克－路易·大卫，而且小有所成。1806年沙龙，安格尔有五幅画作入选，包括《帝座上的拿破仑一世》（*Napoleon I on the Imperial Throne*，军事博物馆，巴黎）。同时，他也被授予罗马大奖，即将前往意大利。

  10 月，安格尔抵达罗马后，得知了一个坏消息，他的作品未能得到沙龙的认可。导师大卫批评《帝座上的拿破仑一世》晦涩难懂，讽刺的是后来这幅画却成了那个时代的标志性作品。安格尔感受到了巨大的压力，他必须在返回巴黎前证明自己有资格成为一名画家。安格尔在给朱莉写信时，或许是想到自己孤身一人来到异国他乡，未来要与朱莉长时间分开，并且朱莉的父亲不同意两人在一起，因此他的字里行间充满了感情，还带着某种浪漫的自怜式悲情。第二年夏天，安格尔解除婚约，将原因归咎于自己的沙龙作品收到了负面评论。后来，他在意大利待了长达 18 年。

  我的挚爱，我美丽的朱莉，你是降临凡间的天使。是你让我了解到自己的失败之处！抱歉我曾一度怀疑你温柔的情感，能够得到你温柔的安慰是何其幸运。亲爱的，不要后悔倾心于我，不要后悔，我爱你，我会一生与你相伴，为你而活。迷人的朋友，不要对我表示悔意。我们之间没有任何秘密，你永远能看到我完整的灵魂。希望你也能以同样的方式待我。即使是最简单的快乐、最细微的痛苦都要诉说给我听。我会用尽全力安慰你，直到爱的誓言让我们永远结合［……］我把你用铅笔写下的可爱字句读了不下百遍；我看看你的肖像，又看看这封信。你仿佛就在我眼前，我想与你对话，可是，哎，你却没有回答；家里充斥着可怕的寂静，偶尔被钟声、如注的大雨打破，还伴随着雷鸣，似乎预示着整个世界的毁灭。我九点睡觉，六点起床，但是我睡不着，在床上辗转反侧和哭泣，我不断地想起你，起身看向你的画像，感觉平静了些［……］你的父亲对你真残忍！［……］他与我们善良的母亲福雷斯捷完全不同，母亲全心全意地爱着我们，对吧，亲爱的［……］我们的确把母亲搞糊涂了，但是产生任何伤害了吗？没有带来任何伤害。即使她知悉，也不会责怪我们，所以亲爱的，不要割舍你对我的爱，现在你的爱可以给我抚慰，尽管需要克服重重困难，却依然可以帮助我度过这无望的空虚［……］

June 1913

WOOD LANE HOUSE,
IVER HEATH,
BUCKS.

My darling of women ... do forgive the wickedest letters I've sent you today ... at last I have peace to sit down & write to you as I would. I ask ... & I went for a walk tonight to exercise my ... to walk far bodies & bent my steps thro' Black Park. Such a pure green enchanted region now; trees like slim smooth girls bathed in a soft light ... is rather a failure ... And the ... trees in ... the wood minded him of ... lovely little legs ... and ... made him sigh ... her ... arms to be ... about ... him.

We found a gold crest's nest with a few eggs in. They are the smallest eggs of any English bird you can't think how absurdly tiny — & all in a nest like a mossy feathery cradle caught up in a hanging fir bough. Bunty must go & see it.

Here the wild ducks in the lake who are charming fellows. As soon as you arrive near the water they set out from the other side, where they espied you coming, & swim hurriedly to greet you. Having landed & up they come, sidling & making the most ingratiating movements & odd sounds expectant of food. You'll love them Bunty sweet — such good birds.

Expectant Ducks

How is the little father? I hope you get on happily. I have nearly finished the 'Trees in the night' & father's portrait & tomorrow shall work very hard to get on with the three other drawings. I had such coloured dreams last night. I can't remember of what or of who but I fell ... with me & can only make a guess further. Oh Baby me how dear you are to me, how sweet our days are together. Your beauty of character shows each time & more & more. When I think of the things you might pick out in my idle talkings & preachings & most justly be angered against me. And when I think how hard & battling a life you lead compared with most people & how patient & full of pluck you are I am at once put to shame & filled with pride & joy. My Bunty my Bunty how I can love you. I thank you that I can always love you more & more.

保罗·纳什致玛格利特·乌达
1913 年 6 月 25 日

　　玛格利特·乌达在开罗长大，20 岁出头便来到英格兰定居。在英格兰，她参加了女性参政运动，并参与创立了女性训练营，受众是曾为娼妓的女性。1912 年，乌达在伦敦遇到了保罗·纳什，当时正值保罗的首场个展。第二年夏天，纳什和同为艺术家的哥哥约翰（杰克）居住在父母白金汉郡的住宅里，一同准备两人的联合展。纳什频繁与乌达通信（仅 6 月 25 日，他就写了不止一封信），信中除了描述自己日常的辛勤工作，还掺杂着温柔的情色幻想。他欣赏乌达作为社会运动者过着一种"辛苦且充满反抗精神"的生活。在纳什这一时期的墨水和水彩速写中，他将情感倾注到了风景上。在整个职业生涯中，纳什尝试过各种不同的艺术形式和风格，无论是为古树拍摄超现实主义照片，还是绘制盛开的风媒木兰，他总是不懈地努力体现地方的精神文化。

　　1914 年，纳什与乌达结婚。8 月，一战爆发，纳什应征加入了"艺术家来复枪"（Artists' Rifles）训练营。1917 年夏，纳什因伤病退役，但 11 月他还是回到了西线，成为官方的战争艺术家。他的作品《梅宁街》（*On Menin Road*，帝国战争博物馆，伦敦）描绘了一个个破裂的树桩，像是森林的墓地，表现了机械化战争给自然留下的无法愈合的伤疤。

　　　　　　　　　　　　巴克斯，艾弗希思，伍德巷屋

　　亲爱的姑娘，原谅我今天写给你的那封言辞糟糕的信——至少，我能平静地坐下来，还能写信给你。今晚我和杰克一起散步了，吃了很多东西，想要活动一下身体，于是在布莱克公园散步。现在，这个地方如此的纯粹、青葱且充满魅力：树木就像沐浴在柔光中的女孩，我的画相比之下真的是失败之作，但是森林中的树木会让男孩联想起女孩可爱灵巧的双腿，渴望她的双臂能够把自己拥入怀中。

　　我们发现了一处戴菊莺的鸟巢，其中有数个鸟蛋，这种鸟蛋是英国鸟群中最小的，小巧到出人意料——鸟巢上布满了青苔和羽毛，像个摇篮般被安置在树的主枝干间 [……]

　　昨晚我做了一个五彩斑斓的梦。我记不得梦里做了什么，出现了谁，但我感觉是你，我能够想到的只有你。哦，我的宝贝，你是我最亲密的人，和你在一起的日子是多么甜蜜。你的性格魅力随着时间逐渐显露。我想，你可能会挑剔我的闲谈和说教，多数情况下，你会直接冲我发火。当我想到，与大部分人相比，你的生活是多么辛苦且充满反抗精神，你是多么耐心、勇敢，这时我感到无地自容又有些自豪与快乐。我的水蜜桃，我的水蜜桃，我多么爱你。感谢你允许我越来越爱你 [……]

　　　　　　　　　　　　你最亲爱的恋人和淘气包保罗

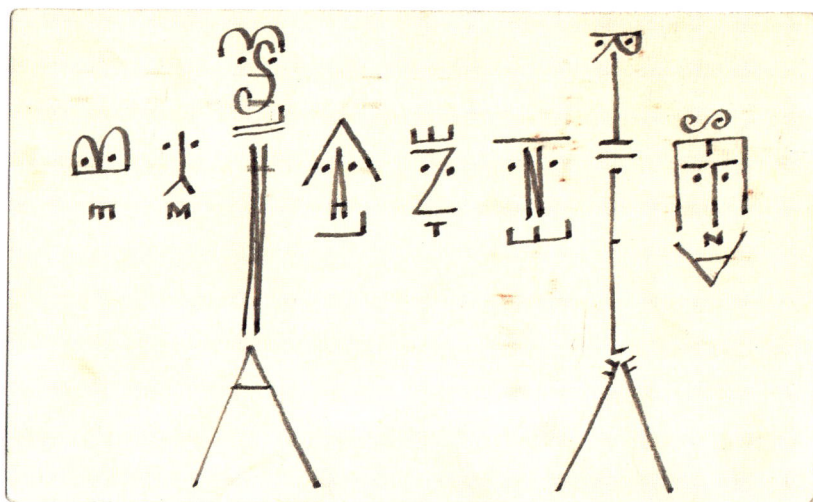

艾德·莱因哈特致赛琳娜·特里夫
1955 年 2 月 18 日

    21 岁的赛琳娜·特里夫还在布鲁克林学院求学，却在情人节五天后收到了来自导师的情人节卡片。艾德·莱因哈特是一位颇有建树的艺术家，作品由贝蒂·帕森斯画廊（Betty Parsons Gallery）代理。该画廊曾经为杰克逊·波洛克、马克·罗斯科等抽象表现主义画家举办展览。虽然如此，莱因哈特还是在布鲁克林学院教学，这样可得到稳定的收入。他先是在 20 世纪 30 年代选择了立体主义的衍生风格，称其为"超越巴洛克、集合、表现主义的艺术形式"。到了 20 世纪 50 年代，莱因哈特的创作风格转向极简、迷惑性的巧妙"砖式画作"（Brick painting），彩色的长方形平静地飘浮在单色的背景上。他说，希望能创造出"纯粹、抽象、非客观、永恒、无限、不变、无关、冷漠的画作"。

    与波洛克和德库宁的风格不同，莱因哈特的抽象艺术总是带着些许刻意的理性。很难想象波洛克或德库宁会写这样一张情人节卡片。最后证明，他给特里夫的卡片可以与其某幅作品中的空间分割联系起来，如《抽象画：红》（*Abstract Painting: Red*，现代艺术博物馆，纽约），由不同色调的红色 T 字、方形和长方形构成，颜料经过画笔的细心混合，每一笔看起来都很平滑。莱因哈特的字母游戏同样印证了他曾发出的重要且臭名昭著的格言式宣言："艺术的终结是艺术作为艺术。艺术的终结不是终结。"人们无法探知，莱因哈特有多少挑逗或认真的意味。这张情人节卡片是一位中年导师给年轻学生的一份示爱信，还是善意的玩笑，或者两者皆有？随后发生了什么？莱因哈特于 1953 年再婚，育有一女安娜。大约一年后的摄影课上，特里夫遇到了自己未来的丈夫。此后，特里夫开始了漫长的职业生涯，成了一名艺术家和教师，但是她与莱因哈特的艺术风格不同。她说："虽然我很喜欢抽象表现主义"，但"从未感觉融入"它。

做我的赛琳娜情人，赛琳娜·特里夫。

Darling,

<u>SARAN-WRAP</u>

<u>Drawing PAD</u>

Small pads—lined
Large pads—lined
for writing notes;
not for drwg.
Peenuts; Drisdale

Myntz.or.something like....
saron wrap

A recently discovered coffee
stained drawing; thought
to be of Nero, as a child.

I love you, J.

朱尔斯·奥利茨基致琼·奥利茨基

通常，朱尔斯·奥利茨基会在下午 2 点到画室，通宵达旦地工作，早晨离开，去睡觉或者钓鱼。他通常会为妻子克里斯蒂娜（又名琼）留下一张便条，可能是购物清单、示爱，或逗妻子开心，例如他用圆珠笔将咖啡渍画成类似罗马人的头颅（"可能是孩童时期的尼禄"）。这些便条记录了他日常生活的大量细节，让他不需要用文字探讨任何重大问题。

奥利茨基出生于俄罗斯。他的父亲卓夫尔·德米科夫斯基在他出生前几个月，被苏维埃政权处决。第二年，母亲带着奥利茨基来到纽约，不久后母亲再婚。后来，奥利茨基被改名为他讨厌至极的继父的名字。第二次世界大战期间，他在美国军队服役，后到巴黎学习艺术，与雕塑家奥西普·扎德金共同创作，并试验蒙上眼睛作画。20 世纪 60 年代，奥利茨基回到纽约，舍弃精雕细琢的绘画方式，将不同深浅的颜料或点或泼或洒在画布上，慢慢地用家用拖布和橡胶刮擦器作画，画布也变得越来越大，他最终成为年轻一代成功的色域抽象主义画家之一。

奥利茨基平静、畅快的抽象画与他在画室外的放浪生活完全背离，他长期酗酒且离过两次婚。1960 年，克里斯蒂娜·戈尔比与奥利茨基结婚，并最终帮助他戒掉酒精。奥利茨基将日常工作视为自己瘾君子人格的另一面："这就像是在喝酒，永无止境。"便条上的食物清单，可能是用于他发起的一次野餐，地点在布鲁克林的一处地堡式建筑，曾作为银行和画店。奥利茨基还（两次）要求购买莎伦食物包装膜，这种塑料薄膜可用于食物或作为艺术创作材料。咖啡渍素描是一份充满爱意的礼物，既表达了感谢，又让妻子信服。作为他的生活伴侣，克里斯蒂娜显然已经放弃了自己的工作。

莎伦食物包装膜
画板

{
小画板——画线
大画板——画线
用于写便条；
不用于作画。
}

花生，克拉斯戴尔［Karasdale，食品公司］
清口糖等，还有……
莎伦食物包装膜

近来发明的咖啡渍素描；可能是孩童时期的尼禄。

我爱你，J。

Mon très cher ami

La cire et le sucre valent bien le bronze,
et le marbre — Notre Seigneur a-t-il
lavé une ligne écrite? et la réalité de
l'esprit l'emporte sur la réalité accidentelle
des faits. Je n'écrirais plus si
mes livres ne me valaient pas de ces amitiés qui
tombent du ciel comme la vôtre. Pour moi
toutes les choses arrivent la veille de
25 décembre. Votre lettre est une étoile. Pourquoi
me demandez-vous la permission
de se faire une joie? Figurez-vous que
j'habite une clinique — (la chambre des
tortures) La 2e fois j'essaye de vivre sans
opium (on ne le coupe — c'est bien dur)
n'obligé à confondre une âme infirme
avec des troubles nerveux.
Écrivez — Écriq moi. Si je saute les étapes, c'est
que mon œuvre est moi-même et que vous
êtes l'ami de mon œuvre.

Je vous embrasse ✠ Jean Cocteau

让·谷克多致未知收件人

    1928 年 12 月 5 日，让·谷克多在巴黎西郊圣克卢的一处高级诊所就诊，第二次决心戒断自己的鸦片瘾。他自从五年前恋人雷蒙德·哈第盖因伤寒发作突然离世，便开始使用毒品，1925 年 3 月第一次寻求治疗。著名时尚设计师可可·香奈儿帮他支付了当前这一疗程非常昂贵的康复费用。谷克多被切断了一切能够接触毒品的渠道，因此他已经连续 12 天无法入睡了。第一周后，谷克多开始与朋友通信。格特鲁德·斯坦回信，寄来了一个室内盆栽作为礼物，毕加索也寄来了一些画作。同时，谷克多的新恋人尚·谛博德也在这家诊所分开接受治疗。另一位病友是雷蒙·卢塞尔，他是一位家财万贯、性情极为古怪的实验作家，谷克多与他通过书信进行交流。这封信写在一幅素描上，时间是 12 月中旬"那些恐怖的夜晚"，内容像是一封给粉丝的回信，而那位刚刚出现的爱慕者恰巧在圣诞节之前写信给他。原本猜测收件人是谛博德，但如果是这样，谷克多就无须告诉对方自己在接受治疗，也不用说自己是第二次"努力戒掉鸦片"。

    1929 年 4 月，香奈儿不再为谷克多支付医疗费用，于是谷克多出院回到巴黎。他迅速开始创作《鸦片：戒毒日记》（*Opium: Diary of a Cure*）一书，仅仅 18 天后，他又开始创作《可怕的孩子们》（*Les Enfants terribles / Children of the Game*，7 月出版）。后者讲述了一对姐弟伊丽莎白和保罗的故事，两人创造了一个"游戏"——替代现实。在游戏里，所有朋友和爱人都是由画笔创造的。谷克多认为"在孩提时期的古怪世界中"，孩子订立的游戏规则就像"吸毒者的白日梦"。

亲爱的朋友：

    蜡和糖与青铜和大理石等价——上帝是否留下了任何手书？精神层面的现实，远远比偶然的真实现实更重要。如果我的书无法给我带来这些从天而降的友谊，比如你，我就不会继续写作。对我而言，所有好事都会发生在圣诞夜。你的信就像一颗星星。为什么你会请求我允许你带来快乐？你一定是意识到我住在一家诊所里——（折磨之屋）我第二次努力戒掉鸦片（他们切断了一切鸦片——非常痛苦）。说实的，我一直难以分辨精神洁癖与神经紊乱。

    快，快写信给我。如果我在努力向前奔跑，那是因为工作就是我的全部，而你是我的工作之友。

    吻你。

让·谷克多

我只有一叠画了素描的废纸，素描是在圣克卢德那些恐怖的夜晚所作 [。]

photographs. I know what he means —
I wonder if you'll ever see them — & if
you do whether you'd feel anything —
they are very simple — not at all apparent
— & small eye — Hardly for walls —

Then there is a wonderful Rodin
drawing — a Woman — I call it
"mother earth" I have which few have
ever seen — that too I want you
to see —

From 10 Till after
midnight we walked on
Fifth Ave — Along the Park —
the while talking — I was watching
the fascinatingly weird trunks of the
trees — weird because of the

electric lighting — I've often wanted
to make a photograph of what I saw
— I've watched them for 20 years —
they have always fascinated me — the
shapes — a sort of intertwining —
with light as an envelope — the huge
buildings mostly suggested way beyond the
Park — a haze over Park & distance —

But I don't do so many things I
want to do —

We walked quite a distance
down. First up — Life — etc.
he — you — I — all talked of —
not as things or individuals —

just as one talks about the Sky &
Ocean — & trees — Stars too —

阿尔弗莱德·斯蒂格利茨致乔治亚·欧姬芙
1917 年 6 月 9 日

阿尔弗莱德·斯蒂格利茨希望让美国摄影达到欧洲先锋派的水平，并通过展览对两者进行推广。1905 年，他与摄影师爱德华·斯泰肯在纽约曼哈顿第五大道291 号共同创办了"摄影分离派小画廊"（Little Galleries of Photo-Secession，通常被称为 291 画廊），向美国民众介绍现代艺术。他为奥古斯特·罗丹、亨利·马蒂斯和巴勃罗·毕加索举办了美国的首场展览（包括 1912 年马蒂斯的首场雕塑展）。同时，斯蒂格利茨也在不断追寻摄影梦想，但他并未就此举办任何展览。

1916 年，斯蒂格利茨为青年艺术家乔治亚·欧姬芙（参见第 147 页）举办展览，同时爱上了对方。这封信写于 1917 年春，当时欧姬芙刚结束 291 画廊的个展，斯蒂格利茨则即将永久地关闭画廊。斯蒂格利茨在信中描述了自己的摄影作品及其拍摄理念，这些照片摄于他父母在乔治湖畔的住宅，以及其与朋友约瑟夫·弗雷德里克·德瓦尔德在曼哈顿街头散步之时。照片中的树木、路灯和中央公园夜间的雾都极具斯蒂格利茨摄影的韵味。

[……] 开始工作之前——如果我希望能于 6 月 30 日离开这里，那么意味着我会忙碌很长一段时间——我想要握紧你的手——一只手就可以——并直视你的双眼——看看你的眼中是否充满悲伤——或者说仅仅些许悲伤——今天早晨——

德瓦尔德昨晚来我这儿了。我向他展示了一些照片，有树木和几张人像——当我们看照片时，我在想为什么没有让你看我拍的树木，特别是一张在乔治湖畔的照片，还有一张屋子后窗外 [的景象] ——291 画廊——雪——但是你在这儿时，我从未想起我的摄影作品——未能想起来——也很少让别人看——德瓦尔德说，其中许多照片充满了爱和自我。我理解他的想法——我很好奇如果你看到这些照片——你会有什么感觉——这些照片表达的含义很简单——毫无攻击性——[人物是] 小眼睛——周围也没有墙。

此外，还有一张精妙的罗丹式作品——一位女性——我称之为"地球之母"，很少向他人展示——我太想让你看看它了——

我们在第五大道上从 10 点一直漫步到午夜。沿着公园，我一边散步一边观察这些奇妙、怪异的树干，说它们怪异是灯光照射的原因——我常常想把看到的景物拍下来 [……] 屈曲盘旋的形态——在夜幕的笼罩下——高楼大厦严丝合缝地将公园遮挡住了——从远处看，公园上方笼罩着一层雾——

但我还有很多想做的事情没有做——

我们先是向北走，然后向南走了很长一段路。人生、291 画廊、他、你、我——我们什么都谈，不是作为物，也不是作为人——只是像谈起天空、海洋、树木，还有星辰那般 [……]

1918

I wonder if you are thinking of me — it seems
so still and so lonesome here in the room alone
———— the singing things singing outside,
and it will be — dark when I put the
light out

but I feel very close to you girl
any how — you were so sweet to
me — Dearest
                    good night
        a kiss —

乔治亚·欧姬芙致阿尔弗莱德·斯蒂格利茨
1918 年夏

　　乔治亚·欧姬芙准备在芝加哥开启自己商业艺术家的职业生涯。1908 年，她前往纽约，参观阿尔弗莱德·斯蒂格利茨的 291 画廊。斯蒂格利茨（参见第 145 页）是一位具有开拓精神的摄影师、编辑和作家，可能也是美国 20 世纪初兴起的先锋派中最具影响力的人物。六年后，欧姬芙再次前往纽约，成为一名实习艺术教师，并开始创作一系列以"我脑中事物"为主题的大型素描画。她的朋友将其中几幅画拿给斯蒂格利茨。斯蒂格利茨将这些画放入 291 画廊的小组展中。欧姬芙看到自己的私人作品在画廊展出，感到"无比惊讶"，便前去理论。于是，斯蒂格利茨被她深深地迷住了。"我非常想为你拍摄，"1917 年 6 月斯蒂格利茨写道，"双手、嘴唇、眼眸，身着黑裙子。"1917 年，291 画廊举办了最后一场展览，即欧姬芙的首次个展，斯蒂格利茨开始沉迷于为新缪斯拍摄照片。第二年夏天，斯蒂格利茨离开了妻子埃米琳，在此前的 25 年间，一直是埃米琳为他的事业提供资金。于是，斯蒂格利茨只好与欧姬芙搬进一间小公寓。这封简短的情书写于两人共同生活的初期，与欧姬芙以往的长信不同，信中并没有袒露灵魂的华丽辞藻。

　　1924 年，欧姬芙和斯蒂格利茨结婚，然而两人实际在一起的日子，似乎并没有两人分开时给彼此充满激情的信件中那样令人向往。斯蒂格利茨魅力无限，却固执己见，不愿让欧姬芙怀孕，而欧姬芙渴望孕育自己的孩子。1929 年起，她的绝大部分时间都在新墨西哥州度过。那年夏季，欧姬芙从陶斯写信给斯蒂格利茨，"我选择离开是因为我在这儿至少感觉很好——这里让我感到自己的内心变得更为强大……也许你不会喜欢这样的我，但于我而言，这也许是我能为你做的最好的事"。斯蒂格利茨向她袒露心声，对方的离开让他"心碎"。

　　1946 年，斯蒂格利茨去世，欧姬芙将自己保存的多数信件存放在耶鲁大学拜内克图书馆，并要求在她去世 20 年后才可以公布这些资料。2006 年，欧姬芙和斯蒂格利茨之间 25000 页亲密的信件往来（一连数周几乎每天都会写信）进入了公众视野。

....

　　我在想你可曾想起我——房间里只有我一个人，如此寂静和孤独——蝉不停地在屋外鸣叫，当我关上灯，周围伸手不见五指。
　　但是我感到你离我很近，
　　无论如何——你似乎在我身旁。
　　最亲爱的，晚安，吻别——

　　[在斯蒂格利茨手中？]男性和女性之间有着基本的不同——
　　艺术界有一些基本定律——

奥古斯特·罗丹致卡米耶·克洛岱尔
1886 年

1880 年，法国政府委托奥古斯特·罗丹为某装饰艺术博物馆制作两扇巨型青铜门。这让罗丹想起洛伦佐·吉贝尔蒂为佛罗伦萨大教堂洗礼堂创作的"天堂之门"（Gates of Paradise），因此他决定从但丁的《神曲·地狱篇》（Inferno）取材。"地狱之门"的创作大约持续了 20 年，即使在博物馆中止筹备后也未曾停止，还启用了数位助手与模特。1882 年，一位雕塑家请求罗丹在他出国期间，代自己指导一名天赋异禀的学生卡米耶·克洛岱尔（参见第 151 页）。克洛岱尔加入了罗丹的"地狱之门"创作团队，负责一项较为复杂的任务，即创作有表现力的手部雕塑。

罗丹为克洛岱尔所倾倒，并将其形象融入"地狱之门"的人物中。不过，克洛岱尔拒绝了罗丹的接近。罗丹虽然知名度极高，但是年龄比克洛岱尔大很多，还有一位长期的情人罗斯·伯雷。克洛岱尔下定决心，无论如何都要成为独立的雕塑家。于是，罗丹写下了这封信，以"残忍的朋友"作为开头的称谓，尝试从不同的角度说服克洛岱尔，从尊重、自卑、怜悯、精神抗议到情欲暗示。全文使用了隐喻，有些地方将语法打乱，甚至在落款后又重新开始。罗丹声称自己愿意"跪在你美好的躯体前"，这正是其雕塑作品《永恒的偶像》（The Eternal Idol）中男性的姿态，起初是为"地狱之门"所创作。

[……]我疯狂地爱着你。卡米耶，你要知道我对其他女人从未产生这样的情感，我的整个灵魂都属于你。

我无法说服你，一切毫无意义。你不相信我处在痛苦中，即使我在哭泣，你也表示怀疑。我已经很久没有笑了，也不再唱歌，一切似乎都变得乏味无趣。我已死去[……]我渴望每天都看到你，那简直太棒了，只有你大发善心，才能救我[……]

亲爱的朋友，让我亲吻你的双手，我靠近你时感到异常兴奋和愉悦，我的灵魂充满力量，被爱恋燃烧。尊重你永远是第一位，卡米耶，我尊重你的人格，这也是我狂热地爱慕着你的缘由。[……]

我注定要遇到你，一切都焕发生机，我暗淡的人生燃烧起来，跳动着愉悦的火苗[……]

请用你可爱的双手抚摸我的脸颊，这样我的身体会感到兴奋，我的心会再次被你那圣洁的爱充满。当我靠近你，仿佛生活在眩晕的幻境之中[……]

你的手，卡米耶，不是那只抽回的手，如果你没有付出一丝柔情，那么即使碰触也不会产生任何欢愉。

啊，我的女神，你是一朵解人意、存柔情、有智慧的花儿，亲爱的。我的至爱，让我跪在你美好的躯体前，拥抱你。

R.

Monsieur Rodin

Comme je n'ai rien à faire je vous écris encore. Vous ne pouvez vous figurer comme il fait bon à L'Islette. J'ai mangé aujourd'hui dans la salle du milieu (qui sert de serre) où l'on voit le jardin des deux côtés. Mme Courcelles m'a proposé (sans que j'en parle le moins du monde) que si cela vous était agréable

vous pourriez y manger de temps en temps et même toujours (je crois qu'elle en a une fameuse envie) et c'est si joli là! Je me suis promenée dans le parc, tout est tondu, foin, blé, avoine, on peut faire le tour partout c'est charmant. Si vous êtes gentil, à tenir votre promesse, nous connaîtrons le paradis. Vous aurez la chambre que vous voulez pour travailler. La vieille sera à nos genoux, je crois. Elle m'a dit que je

prendre des bains dans la rivière, où sa fille et la bonne en prennent, sans aucun danger. Avec votre permission, j'en ferai autant car c'est un grand plaisir et cela m'évitera d'aller aux bains chauds à Azay. Que vous seriez gentil de m'acheter un petit costume de bain bleu foncé avec galons blancs en deux morceaux blouse et pantalon (taille moyenne) au Louvre ou au Bon Marché (en serge) ou à Tours. Je couche toute nue pour me faire croire

que vous êtes là mais quand je me réveille ce n'est plus la même chose.
Je vous embrasse
Camille
Surtout ne me trompez plus.

卡米耶·克洛岱尔致奥古斯特·罗丹
1890 或 1891 年夏

　　年轻的雕塑家卡米耶·克洛岱尔起初是奥古斯特·罗丹的学生,后成为其助手、模特,最终发展为恋人。然而,由于要躲避罗丹的情人罗斯·伯雷、避开公众的视线,两人的恋情变得愈加复杂。1890~1891 年,克洛岱尔与罗丹相恋的第六年,两人在卢瓦尔河谷觅得一处幽会之地,可以在那里不受外界干扰地连续待几周。

　　易丝莱特城堡(Château de l'Islette)是一处建于 16 世纪的宅邸,周围有河流和草地环绕。他们租下了楼上的套间,其中几间作为画室。罗丹在最大的房间里创作巴尔扎克的纪念雕像,而克洛岱尔则以房东孙女为原型,雕刻了《小城堡女主人》(La Petite Châtelaine)。

　　克洛岱尔给暂时离开的罗丹写信,引诱他想象自己在易丝莱特的样子。克洛岱尔没有用亲昵的口吻,反而正式地称呼罗丹为"罗丹先生"(克洛岱尔使用了代词"您",而罗丹在之前的情书中用的是非正式的"你";参见第 149 页),问罗丹是否能"好心地"帮自己买一件泳衣,并告诉他在哪里可以找到自己心仪的款式和颜色。我们仿佛可以联想,伟大的雕塑家在乐蓬马歇百货公司女士泳衣柜台旁,想象着信末克洛岱尔描述的自己赤裸着躺在床上等他归来的场景。

罗丹先生:

　　我闲来无事,所以又给您写信了。您无法想象在易丝莱特居住的感觉有多好。今天,我在中央餐厅用餐(这里扩大一倍成了温室),可以看到两侧的花园。库尔塞勒夫人告诉我(我并没有主动提出),如果我愿意可以在此用餐(我想她一定很爱这里),那感觉太棒了!

　　我在草地上漫步——一切都被收割了——干草、小麦、燕麦。您可以随意走动,很闲适。如果您能体贴地遵守诺言,我们就可以像在天堂一般生活。

　　您可以随意选择自己的画室。我想,这位老妇人非常崇拜您。她说我可以在河里沐浴,因为她的女儿和女佣曾在这里沐浴,非常安全。

　　如果您不介意,我也要去那里沐浴,因为感觉非常舒适,而且这就意味着我不必专程去阿泽泡热水澡。您能否好心地在图尔的卢浮宫[百货公司]、(赛日的)乐蓬马歇或旅途中,为我买两件套泳衣,饰有白色花边的深蓝色紧身上衣和短裤(中号)!

　　我全身赤裸着入睡,这样就可以假装您在这里,但是醒来后,一切都变了。
　　吻你。

卡米耶

　　无论如何,请不要再欺骗我了。

Tues/

my dear I think
of you all the time
I am in the middle
of a ptg & the post
goes in a moment
suddenly I missed
you & so here's
a note!
Oh I am looking
forward to seeing
you
again

it is sunny & a
very high wind
such a gay day
winifred is painting
happily, Brunwell
René, put their
suddenly put their
head in at my
window this morning
I love you dear
By

so nice to have you
letter this morning

本·尼科尔森致芭芭拉·赫普沃斯
1931 年秋

　　1931 年，本·尼科尔森在与画家威尼弗雷德·罗伯茨的婚姻中，同年轻的雕塑家芭芭拉·赫普沃斯产生了恋情。第二年，尼科尔森离开威尼弗雷德，与赫普沃斯一起搬进伦敦北部汉普斯特德的一间画室。画室附近住着许多先锋派艺术家，包括保罗·纳什、亨利·摩尔等（参见第 137 和 163 页）。这封信似乎写于尼科尔森和赫普沃斯感情的早期。有照片显示，两人曾在 9 月与摩尔、其妻子伊丽娜和其他艺术家朋友一起在诺福克度假，在沙滩上玩裸体球类运动。尼科尔森在信中还提到了朋友、资助人马库斯·布鲁姆威尔及雷尼·布鲁姆威尔。

周二

亲爱的：

　　我无时无刻不在想你，我画到一半时突然非常想念你，恰在此时，你的信到了，这简直太巧了！哦，多想再次看到你。今天天气晴朗、云淡风轻，真是美好的一天，威妮弗蕾德正在开心作画——

　　今天早上，雷尼和布鲁姆威尔突然透过我的窗子偷看我。

　　亲爱的，我爱你。

本

　　今晨收到你的来信，很开心。

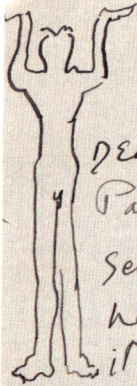

Thor's day —

DEAR Lois of the underworld, the Princess of
Pastachuta & Zabaglione Riviera disume
sends with her greetings the enclosed
handsome drawing of Ulric going to the dogs,
it is by her own hand and although the
head was away on a holiday, careful
investigation will reveal not only traces
of black and white, but that subtle aroma
of doubtful divinity which she has made
so personally her own. She hastens to
add (in case you should think ought
to the contrary) that it is intended to
embark 'Shipwreck' well on the way to
glory. If you think this doubtful, write a
post-haste letter & 10 more will be at
your door. That is, unless in her effort to
make things smaller, she has already
succumbed, will you love your Princess when all that is
left is an inch of Pastachuta?

Allegra

艾琳·阿加尔致约瑟夫·巴德
1928 年夏

 1926 年，艾琳·阿加尔从伦敦斯莱德艺术学院毕业，遇到了匈牙利作家约瑟夫·巴德，那时巴德已与受人景仰的美国记者多萝西·汤普森结婚。1928 ~ 1930 年，阿加尔与巴德共同生活在巴黎。在巴黎期间，阿加尔结识了安德烈·布勒东等知名超现实主义者。此前，阿加尔接受的是严谨的学院派艺术教育，与超现实主义者的相遇显然影响了她刚刚起步的职业生涯。这封信言辞晦涩，写于意大利西北部度假期间，还随附了画作《乌尔里克的没落》（ *Ulric going to the dogs* ）。信中的"海难"是指巴德的小说《欧洲海难》（ *Shipwreck in Europe* ），出版于 1928 年春。阿加尔在日记中，贴上了一则美国新闻短评，称"巴德先生对弗洛伊德情结学说的描写非常生动"——正如你所想，他是"地狱之王"。帕斯塔楚塔（ Pastachuta ）是一种面食，配以由蔬菜、肉和辣椒制成的酱。

雷神之日［周四］

 尊敬的地狱之王，帕斯塔楚塔和利古里亚海岸沙巴翁［一种甜品］公主，送来问候，并随附一张精美的画作《乌尔克的没落》，这是由公主亲手绘制的。不过，公主本人的心早已去度假了。如果你仔细调查一番，那么除了能看到纸上的黑白印记，还能闻到公主身上特有的、无法捉摸的尊贵香气。她急切地补充这一点（以防你的想法完全相反），目的是让"海难"之船驶向荣耀之路。如果你觉得可疑，请尽快写信。随后，你将会收到超过十封信件。也就是说，如果公主并没有让事情走向负面，就已经在示弱了。如果只剩 2.54 厘米帕斯塔楚塔，你还会爱你的公主吗？

第六章

"支付 1244 金币"

工作事务

尼古拉斯·普桑致保罗·斯卡龙

约 1650 年

　　1624 年，尼古拉斯·普桑从出生地法国来到罗马，因擅长创作以古典文学为主题的绘画而闻名。与繁复的巴洛克艺术风格相反，普桑能将戏剧性场景和极端情感浓缩在和谐、优美、平衡的风景和建筑背景中。1640 年，普桑受到法王路易十三的召见，回到巴黎，并得到保罗·福莱尔·德·向特罗等法国艺术资助人的支持。通过向特罗的介绍，社交达人、诗人和剧作家保罗·斯卡龙委托普桑为他作画，普桑并不想接受委托，尽力推辞，因为他对斯卡龙本人及其滑稽剧充满鄙视。1649 年，普桑再次回到罗马，开始创作《圣保罗的狂喜》（*The Ecstasy of St Paul*，卢浮宫博物馆，巴黎），该作品也在本信函中被提及。

　　本信函有时被看作是给福莱尔·德·向特罗的信件，目的是探讨遗失的圣保罗画作，但实际收件人很可能是斯卡龙。普桑对客户的品位和期待极为敏感，虽然不喜欢斯卡龙，却清楚地知道自己应当向他道歉，或者至少要解释清楚。普桑在信纸上的圣灵家庭素描周围，断断续续地写满字。素描中，孩子们环绕着圣伊丽莎白、婴孩时期的圣约翰和浸礼会基督徒，背景是一个湖和一座意大利小镇，普桑曾创作过此类风景画。

- - -

　　[……] 为你绘制的圣保罗画像必须用特殊的货箱运输，这算是给你的弥补，从你让小先生帮忙向我支付酬劳、给你运送画作，已经过了一段时间。我每日都在等你的消息，直至我偶然遇到了其中一位小先生，他说看到我才想起自己受斯卡龙先生嘱托向我支付 50 金币，用于买画，本该六周之前就交给我，但他在监狱待了段时间，于是忘了此事。诚实的银行家是否并不存在？现在，你知道什么原因导致无限期拖延，带给你烦恼了吧。[……] 最终，我拿到了之前提到的 50 枚意大利金币。你可以看到，我为你绘制的圣保罗画像在交付给那几位小先生时，保存良好，箱子内还有钢制隔条箱，他们承诺第二天会以常规方式运送。我谦卑地恳求你，当你收到作品、审视这幅画时，务必写信给我，表达你最诚实的建议，这样——如果你喜欢这幅作品——我会很开心。

My dear Sir

M.rs J & myself may probably take a drive to Town
before our final return, but as it can not be tile after
the opening of the Academy to Morrow, have the
kindness to inform Strowger that the group of
Haemon & Antigone & the Hermaphrodite are
the figures I chose for the candidates, & that I
told Thomas so before I set out.

it is very odd if I did not inform You of the
exact number of Plates wanting in my Friends copy
of Sepp; I think they are the four last Plates of
the Frontispice & Prefatory stuff of the Fourth,
with the Three first ones of the Fifth Volume.
In hopes of Seeing You Soon, we are

- Monday 29 Sept.r 23.

My dear Sir
ever Your
J & H.r Fuseli

约翰·亨利希·菲斯利致未知收件人

1823 年 9 月 29 日

1764 年，约翰·亨利希·菲斯利带着强烈的文学野心，来到伦敦。然而，菲斯利在绘画方面颇具天赋，在约书亚·雷诺兹爵士（参见第 167 页）的鼓励下，他很快开启了艺术生涯。菲利斯起初在意大利学习古典艺术和文艺复兴艺术，后回到家乡苏黎世短暂地居住一段时间，最终在伦敦定居，并将自己的名字改为英式名，成为一位历史题材画家。1799 年，菲斯利进入自己艺术成就的巅峰，成为皇家学院的绘画专业教授，1804 年升至院长。菲利斯在 82 岁高龄，用颤抖的手写下这封信，说明了皇家学院学生需要提交的经典绘画对象，并提到了主任管理员塞缪尔·史瑞乔。菲利斯信中提到的遗失（"缺失"）部分，可能是指《荷兰鸟》（*Dutch Birds*，共五卷），这是一套自然历史精装版画汇编，作者为克里斯蒂安·塞普、扬·克里斯蒂安·塞普和扬·塞普。艺术家索菲亚·菲斯利曾是一名模特，后来成为约翰·菲斯利的浪漫缪斯和妻子，尽管约翰比她年长很多。

尊敬的爵士：

我和夫人最终回去前，可能会坐车去城镇。我无法等到明天学院开学后再去，所以已请求史瑞乔帮我宣布，海蒙、安提戈涅和赫马佛洛狄忒斯是我为候选人选择的绘画对象，在出发前我就告知了托马斯。

我要说明一下朋友那里缺失的塞普副本的具体数目，否则就有些奇怪了；我认为应该少了最后四部分，第四卷的卷首和前言，以及第五卷的前三章。

期待与您见面，我尊敬的先生。

您永远的追随者约翰·菲斯利和索菲亚·菲斯利

Sunday Nov 9th 1941.

Hoglands
Perry Green
Much Hadham
Herts

Dear ———— I got your letter yesterday, enclosing Keynes reply & your letter to him about the C.A.S drawings of mine on exhibition at the Ashmolean.

Its difficult for me to be sure without seeing the actual drawings just what has got mixed up. There were quite a few mistakes at first in the catalogue of the Temple Newsam exhibition, which I went through & corrected with Hendy, on the opening day — but I haven't got a copy of the corrected catalogue to help me. But you are right in thinking that the number of my drawings Mr Keynes got for the C.A.S. was six. & he bought for himself 3 from me at the same time. His three I sent to Leeds & am pretty sure I wrote on the backs that they were lent by him, & I think his three were called in the Leeds catalogue.

① Air Raid shelter — Three sleepers.

(this is 3 people sleeping going like this →)

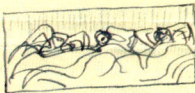

② Air raid shelter — Sleepers.

(more a less monochrome drawing in mauvish blue grey)

③ Air raid scene

(a smaller drawing than the first two, of 3 figures, one standing one seated & one reclining with a background of 'blitzed' houses. — the figures are drawn & touched up with pen & ink — The whole drawing is pinkish brown — or terracotta pink.

This no ③ seems as though it is one Sent to mistaken to Oxford & if it fits this description, it belongs to Mr Keynes. Do you know if

亨利·摩尔致约翰·罗森斯坦
1941 年 11 月 9 日

  1941 年，亨利·摩尔成为官方的战争艺术家，受委托以闪电战期间伦敦地下避难点人物为主题作画。同年，利兹美术馆馆长约翰·罗森斯坦，邀请摩尔在纽塞姆庄园举办首场回顾展。摩尔在信中提到了当代艺术协会在牛津阿斯莫林博物馆举办的作品展，其中有七幅他的作品。展览后，这些画作显然被错误地归还至不同的借出人手中。摩尔花了些时间帮忙分析，哪些画属于当代艺术协会，哪些画属于经济学家兼当代艺术协会受托人约翰·梅纳德·凯恩斯，以及哪些画属于国家美术馆兼战时艺术委员会负责人肯尼思·克拉克。

....

亲爱的［约翰·罗森斯坦］：

  昨天，我收到了你的来信，随附是凯恩斯的回复和你写给凯恩斯的信，这封信有关阿斯莫林博物馆展览上我所有归属于当代艺术协会的作品。

  我没有看到实际有哪些作品，所以很难确定哪些画混在一起［……］但是，有一件事你是对的，凯恩斯先生借给当代艺术协会六幅作品。与此同时，他本人从我这里购买了三幅。我将这三幅作品寄到了利兹，并在背面写上了凯恩斯的名字，我猜想是这三幅被误放入利兹的目录中。

  1. 防空洞，三个熟睡的人

  （主要描写三个正在睡觉的人）

  2. 防空洞，熟睡的人们

  （有点像单色画，为藕荷蓝灰色）

  3. 空袭场景

  （比前两幅画小，画面中有三人，一人站立，一人坐下，还有一人斜倚着，背景是遭"闪电战袭击"的房屋——这些人物是用钢笔和墨水画底稿和润色的——画面为粉褐色——或砖粉色）

  第三幅画似乎被错误地寄到牛津，如果那幅画符合前文的描述，那么就属于凯恩斯。不知他是否已经收到这三幅画，还是将这些画继续租借出去？因为成人教育计划下策划的利兹展览（或部分展览）正在进行巡展——如果有三幅画被寄到了凯恩斯那里，而牛津空袭场景那幅画是他的，那么这三幅画中也存在错误。你说，在牛津的第五幅画中有两个衣衫褴褛的人，背景是砖砌的避难所。这幅画好像属于肯尼思·克拉克——画面更加写实（于我而言），而且如你所说是灰蓝色的［……］

  希望其他五幅画属于当代艺术协会，否则还需要再花点时间将事情捋顺——如果你需要我对那六幅画进行描述，我想如果集中精力回想一下，可以记起来，并将它们大致画出来。

  谨启。

亨利·摩尔

This shocking scoundrel to escape!

To think that, when we despaired of ever getting hold of him — because, as you pointed out, of the difficulties of extradition — he should of his own accord run right into your arms, is amazing! —

It would be unpardonable if by any chance this time he were to slip through the very close fingers of the New York Police.

I am most anxious to hear. Do let me have one word by cable to say that Sheridan Ford is properly in Sing Sing — or the doubts or horrors it is that scamps tramps & jailbirds do so expire, are safely squared off!

With hearty congratulations upon such excellent work.

Believe me dear Mr Allen

Always sincerely

J McNeill Whistler

詹姆斯·麦克尼尔·惠斯勒致弗雷德里克·H. 艾伦

1893 年 6 月 6 日

在成功的艺术家中，詹姆斯·麦克尼尔·惠斯勒是少数即使作为评论家亦能带来无法磨灭影响的人。1878 年，他因约翰·拉斯金（参见第 193 页）发表的一篇评论而起诉了这位杰出的维多利亚批评家，对方指控惠斯勒"在公众面前，只是泼洒了一桶油漆而已"。惠斯勒利用自己在宫廷的声望，联合其他人抵制对方。1885 年，惠斯勒在"十点钟"讲座中，努力地提倡将艺术应用于时尚和家装领域，并强调艺术家应当关注"一切环境和时代下的美丽事物"，而不只是考虑艺术的社会意义。1889 年，惠斯勒同意让美国记者谢里丹·福特将他关于拉斯金庭审的信件节选汇编成册。

福特曾为《纽约先驱报》撰写评价惠斯勒的文章，后来试图成为惠斯勒在美国的代理人。但是，在他开始编写这本书后不久，惠斯勒就决定由自己出版。这让福特心有不甘，他决定抢先一步，在 1890 年 2 月出版《树敌的优雅艺术》（*The Gentle Art of Making Enemies*）。惠斯勒立刻对此采取了法律手段；福特的书受到了抵制，惠斯勒在 6 月出版了同名图书。然而，福特并没有就此罢休，用化名在巴黎出版了盗版书。盗版书也受到了抵制，于是福特返回美国。

按照惠斯勒的行事方式，他不会让福特事件尘埃落定，直到确定自己成为赢家。惠斯勒在给记者弗雷德里克·H. 艾伦的信中，夸张地开着玩笑（"新新惩教所"是一所臭名昭著的最高设防监狱），但是一种冷酷却依稀贯穿始终（"可恶的恶棍"）。

巴黎，巴克街 11 号

亲爱的艾伦先生，谢里丹·福特用化名离开了巴黎城前往纽约，亚历山大先生立刻发电报给你。速度非常快。

自那时起，我就在等待他被捕的消息——当然，你一定不会让这个可恶的恶棍逃离！

想到我们曾沮丧地认为，无法捉住他——因为你指出引渡存在困难——他却主动自投罗网，太棒了！——

这次绝对不能让他恰好从聪明的纽约警方手中逃离。

我急切地想得到这个消息。希望谢里丹·福特最终被投入"新新惩教所"或"坟墓"监狱等任何关押流氓和罪犯的类似场所，一定要告诉我！

对你的工作表示真诚的赞赏。

请相信我，亲爱的艾伦先生。

您诚挚的詹姆斯·麦克尼尔·惠斯勒

London Oct. 16. 1773

My Lord

I was out of Town when your Lordships note arrived or I should have answered it immediatly. Mr Paris says the Picture of the Lake of Como will be quite finished in a weeks time when he will send it as directed to St. James, Square, the price will be the same as that which was in the Exhibition which was eight Guineas.

I fear our scheme of ornamenting St. Pauls with Pictures is at an end, I have heard that it is disapproved off by the Archbishop of Canterbury and by the Bishop of London For the sake of the advantage which would

accrue to the Arts by establishing a fashon of having Pictures in Churches, six Painters agreed to give each of them a Picture to St Pauls which were to be placed in that part of the Building which supports the Cupola which was intended by Sir Christope Wren to be ornamented either with Pictures or Bas-relliefs as appears from his Drawings. The Dean of St. Paul and all the Chapter are very desirous of this scheme being carried into execution but it is uncertain whether they will be able to prevail on those two great Prelates to comply with their wishes.

I am with the greatest respect
your Lordships most humble
and obedient servant
Joshua Reynolds

约书亚·雷诺兹致菲利普·约克

1773 年 10 月 16 日

1750~1752 年，约书亚·雷诺兹曾在意大利居住一段时间，在他回到英国前，肖像画还被严肃地视为服务社会顶层的奢侈行业，而不是一种艺术形式。雷诺兹却不这样认为。他一周工作七天，成立了一家盈利颇丰的工作室，将古典雕塑和大师画作中的姿势，引入 18 世纪贵族大公的肖像中。1761 年，雷诺兹为贵族作家兼政治家菲利普·约克之女阿玛贝尔和玛丽·杰迈玛·约克创作了一幅双人肖像，从中可以看出他对儿童画像很感兴趣。

同时，雷诺兹也在为提高艺术家的职业地位做出努力，他以法国学院为模板，建立了英国学院。1768 年，皇家艺术学院成立，雷诺兹成为第一任院长。学院早期举行了威廉·帕尔斯的作品展，其中包括首次在英格兰展出的阿尔卑斯山景色。在展览开始前，威廉会将这幅画邮寄到约克在伦敦的府邸，画作描绘了科莫湖（Lake Como）的景色，定价非常公道（当时，一幅雷诺兹肖像画的定价在 160 英镑左右）。雷诺兹一直在寻找机会，让绘画成为公众生活的一部分，比如他在信中与约克（当时已成为第二代哈德威克伯爵）谈到的那项被废弃的计划，即在圣保罗大教堂陈列艺术品。

伦敦

阁下：

当您的信件抵达时，我本可以立刻予以回信，但当时恰好离开了伦敦。[威廉·]帕尔斯先生称，科莫湖畔画几周内就可以完成，到时他会如约寄到圣詹姆斯广场。价格还是展览时的价格，八块基尼[英国旧货币单位]。

我担心，圣保罗大教堂的装饰项目可能会终止。我听说，坎特伯雷大主教和伦敦主教都不同意此事。如果能引发在教堂悬挂画作的潮流，那么艺术的优势就可以显现出来。这些画作可以放在支撑穹顶的建筑内，克里斯多弗·雷恩爵士想要用画作进行装饰，或者用自己的作品制成浅浮雕。圣保罗的主教及所有分会都支持此项目的执行，但是不确定他们能否争取到这两位高级神职人员的认可。

向阁下致以最崇高的敬意。

最低微恭顺的仆从约书亚·雷诺兹

March 15. 54

Miss Gloria S. Finn.
6124   33rd St. N.W.
Washington, D.C.

Dear Miss Finn,

Thank you for your letter asking my husband and myself
to take part in your rug project. I think we will have
to know a little more about your rugs before we can make
a decision.

Some of the questions that come to my mind are : what size
are the rugs to be? Who supervises the dying of the yarn?
is there any restriction in regard to the number of colors
to be used? At what prize are they to be sold and what is
the fee, in terms of percentage, we may count on ?
Could you send some photos of rugs of your workshop?
I think that would be easier that bringing them to New York.
Also I do not know when we can be there.

Thank you for your interest,

                                        Sincerely yours,

                                        Anni Albers

安妮·亚伯斯致格洛里亚·S.芬恩

1954 年 3 月 15 日

1933 年，纺织品设计师安妮·亚伯斯和身为艺术家的丈夫约瑟夫从德国移民至美国。两人之前曾在德国包豪斯设计学院任教。然而，在纳粹的压迫下，包豪斯设计学院被迫关闭，约瑟夫只好接受了北卡罗来纳州黑山学院实验部的邀请，担任艺术教育主任。亚伯斯则负责管理纺织工作坊，她将这里视为"建筑和设计的创作实验室"。在黑山学院从教期间，亚伯斯将自然纤维、玻璃纸和铝等合成材料混合织造，利用自然物件制作首饰。她设计了包含包豪斯风格的抽象几何配色，还将古代美索美洲纺织品的元素加入其中，这些元素是与约瑟夫一起旅行时发现的。

亚伯斯在纽黑文居住时，给年轻的纺织品设计师格洛里亚·S.芬恩写了这封信，1950 年，约瑟夫被任命为耶鲁大学设计学院院长。当时，亚伯斯并不认识芬恩，也不熟悉她的作品，所以面对合作邀请，亚伯斯给予了谨慎又快速的专业回应。芬恩与亚伯斯之间偶然的联系，让她们两人不仅就亚伯斯最著名的设计作品展开合作，还在其他方面继续合作。1959 年的作品《地毯》（*Rug*，康奈尔大学约翰逊艺术博物馆）以赤褐色为背景，图案为交织的凯尔特结，通过地图式蜿蜒扭曲的线条，大胆宣示了亚伯斯对"事件线索"概念的探索。芬恩精通簇绒法，所以由她负责这部分。芬恩后来与英国律师威廉·戴尔爵士结婚，成为工艺理事会的拥护者，并将古代中东时期的项链捐给了大英博物馆。

华盛顿哥伦比亚特区

西北区第 33 街 6124 号

格洛里亚·S.芬恩

亲爱的芬恩小姐：

感谢你写信询问我和先生是否要参与你的地毯项目。我想在我们决定之前，需要多了解一下地毯项目的信息。

我想到的问题是：地毯的大小是多少？谁负责监督染丝？有没有对可用的颜色进行限制？地毯的售价是多少，给我们的结算比例是多少？你能给我们发一些工坊制作的地毯照片吗？我想这样更方便带到纽约。另外，我也不确定抵达纽约的时间。

感谢你的来信。

谨致问候。

安妮·亚伯斯

Sontag. 17. April.   Santw. 29.4.

Mein lieber Breuer, als ich in
Hartfort war hörte ich ‡ von Russel
Hitchkock, dass du in Europa bist.
Nun sah ich aber Dorner und
es stellte sich heraus, dass du doch
in Harvard Univ. bist. Also wo
bist du endlich.² Ich habe nur
aus dem Grunde ↓ ̶m̶e̶i̶n̶ dir meinen
aufenthalt in New-York nicht
gemeldet. — Meine Ausstelung
in Julien Levy Gallerie ̶w̶i̶r̶d̶ wird noch
zwei wochen dauern. Wirst du
die Zeit haben es zu besuchen
sodass wir uns hier sehen
könnten. — Ich möchte gerne
dich wieder sehen. Schreibe
mir ein paar worte und was
wir machen könnten um uns zu treffen.

纳姆·嘉宝致马塞尔·布劳耶
1938 年 4 月 17 日

纳姆·嘉宝生于俄国，在俄国革命后的几年里，提出了"结构"雕塑的概念，当时俄国政府鼓励进行艺术创新。嘉宝认为雕塑的主题是空间，不是固态实体，其雕塑主要以概念的方式存在，每一座雕塑都可以用不同的材料以不同的大小制作出来，不断地在不同的地区展出。1922 年，嘉宝移居柏林后，一直在外漂泊，他会随身携带一只行李箱，里面放置微缩版本的作品。在德国，他遇到了多位与包豪斯有关的艺术家和设计师，包括建筑师马塞尔·布劳耶（参见第 93 页）。嘉宝也在巴黎工作过，曾为达基列夫的俄国芭蕾舞团设计舞台场景和服装。随着纳粹势力抬头，嘉宝于 1936 年定居伦敦。他加入汉普斯特德先锋派团体，成为其中具有魅力和影响力的一员，团体中还有芭芭拉·赫普沃斯、本·尼科尔森、亨利·摩尔（参见第 153 和 163 页），以及布劳耶等流亡欧洲的艺术家。赫普沃斯和尼科尔森见证了嘉宝与英国人米里亚姆·弗兰克林的婚礼，米里亚姆也是嘉宝搬至伦敦的原因之一。

1938 年 4 月，嘉宝前往纽约，在朱利恩·列维画廊举办画展。布劳耶一年前移民美国，在哈佛大学担任教授，与曾任包豪斯设计学院校长的沃尔特·格罗佩斯合作，以现代主义原则训练新一代的美国建筑师。建筑史学家亨利-罗素·希区柯克和亚历山大·多默是嘉宝和布劳耶共同的朋友，多默曾为德国某博物馆馆长，时任美国罗德岛设计学院院长。在那个动荡的时代，似乎每个人都在不停地漂泊。"你究竟在哪儿？"嘉宝询问布劳耶，"我很想再次见到你。"他少见地用德语告诉布劳耶自己表兄弟在纽约的地址。战后，嘉宝坐船再次到纽约，那是米里亚姆成长的地方，同时他确信自己在 20 世纪 40 年代仍显激进的理念，可以在纽约寻得更具包容性的观众。

我亲爱的布劳耶：

我在哈特福特时，听罗素·希区柯克说你在欧洲。但现在我见到多默，得知你现在在哈佛大学。所以你究竟在哪儿？

出于此，我无法告诉你我在纽约——我在朱利恩·列维画廊的画展将于两周之后开幕。你有时间来吗，这样我们可以见见面——我很想再次见到你。给我写封信，我们商量一下见面的事。我将于 6 月回到伦敦。希望能在离开前见到。我在纽约的地址是：西 79 街 176 号——由帝国大厦乔·以色列转交——因为我还在装修公寓，所以 5 月可能会搬家。

我、夫人以及伦敦的所有朋友向您送来诚挚的问候。

嘉宝

伦勃朗·凡·莱茵致康斯坦丁·惠更斯

1639 年 2 月中旬

　　1639 年 1 月，伦勃朗在阿姆斯特丹时尚的圣安东尼宽街买下了一栋大房子（现为伦勃朗故居博物馆），他和妻子萨斯基亚于同年 5 月入住。两人暂时租下了旁边一间叫作糖面包店的房子，位于阿姆斯特尔内河河畔，那是一个繁忙的贸易码头和仓库区。新的豪华家庭式画室价值 13000 荷兰盾，但是伦勃朗认为自己可以负担得起，而且也得到了这座房子带来的社会声誉。不过，对伦勃朗而言，依靠艺术创作取得不菲收入似乎一直是一个挑战，这一点可以从他现存的给诗人、作曲家和外交家康斯坦丁·惠更斯的七封信中看出。两人在信中谈论了福音书中的场景，即耶稣的葬礼和复活的场景。伦勃朗希望可以凭借这两个场景从奥兰治王子弗雷德里克·亨德里克那里得到 2000 荷兰盾，惠更斯作为中间人居中协调。

　　等待一个月后，伦勃朗不情愿地接受了 1600 荷兰盾的价格，这是他本来希望从收税员约翰尼斯·艾顿波加特那儿收到的金额。最终，奥兰治王子授权海曼·凡·弗伯格向他支付 1244 荷兰盾。这笔款项似乎恰好在伦勃朗写信催促惠更斯支付报酬后到账。信中伦勃朗压制住自己不耐烦的情绪，以符合对方社会地位的礼节向对方表示尊敬。可以看到，信件有一些修改的痕迹，透露出伦勃朗是仓促完成的，而且与他给惠更斯的前六封信相比，这封信的书写痕迹更加平实，没有那么繁复，他好像在刻意地自我控制。

尊敬的爵士：

　　我思虑再三，是否应该写信叨扰，但是在我向［收税员］艾顿波加特抱怨付款延迟时，知道了这件事。出纳员弗伯格否认款项应当按年份支付。上周三，收税员艾顿波加特回复我，弗伯格早前就要求每六个月支付一次，所以超过 4000 荷兰盾再次在他的办事处兑换。鉴于这种情况，我请求阁下，慷慨的爵士，请您将我的支付文件及时准备好，这样我现在就可以拿到那来之不易的 1244 金币了。阁下，我会永远用尊敬、工作和友谊来回馈你。爵士，我谨向你致以敬意，并祈祷上帝［赐予］你永远健康的身体，保佑你。

　　　　　　　　　　　　　　　　　你谦卑而深情的奴仆伦勃朗

　　鄙人住在阿姆斯特尔内河河畔糖面包店。

Samedi

Monsieur de Remusières

C'est par la condition de votre lettre que j'ai cru que c'était de la part de l'administration que vous me demandiez ce tableau — en effet, si comme vous me le dites c'est une personne qui le désire, j'aurais pu faire d'autres conditions.

Et si cette personne continue à le désirer, quelle veuille dire quel prix elle pensait y mettre, je verrai si je puis lui céder.

Je vous remercie beaucoup de vous être occupé de cette affaire dans mon intérêt.

Veuillez accepter mes salutations empressées

Gustave Courbet

居斯塔夫·库尔贝致菲利普·德·切纳文斯
1866 年 4 月

居斯塔夫·库尔贝作为 19 世纪 60 年代成功的艺术家，却在职业生涯中期与法国社会、艺术机构存在着矛盾的关系。19 世纪 50 年代初，库尔贝细心冷静地观察农民生活，却让自己首次臭名远扬。当时，学院派绘画通常会呈现出一种甜美理想化或浪漫英雄形象，所以库尔贝的艺术、言论，以及鲜艳的红色签名，看起来像是一种"革命性的武器"。批评家抨击其用"平等主义画作摧毁艺术"。1855 年，库尔贝为了宣传自己的画展，发表了《现实主义宣言》（*The Realist Manifesto*），直言自己的目的是"诠释这个时代的风俗习惯、思想和面貌……创造活着的艺术"。现实主义艺术与社会进步的政治形势密不可分。1866 年，库尔贝在沙龙会客厅悬挂的真人大小裸体肖像《女人与鹦鹉》（*Woman with a Parrot*）受到了收藏家们的欢迎，其中包括土耳其驻巴黎大使哈利勒·贝。库尔贝曾为他创作了《睡》（*Sleep*，小皇宫博物馆，巴黎），画面是一对躺在床上的情侣。

菲利普·德·切纳文斯是一位小贵族、坚定的右翼艺术管理员，1861 年成为卢森堡博物馆的助理馆长，这里曾展出国家收购的现代法国艺术品。他反对艺术的民主这一概念，特别是针对库尔贝的主张，谴责其将"世上的好人"曲解了。如果库尔贝在信件中言辞谨慎，那么他也可能心存疑问，为什么起初切纳文斯找到他是为了购买《溪边小鹿》（*The Return of the Deer to the Stream at Plaisir-Fontaine*，奥赛博物馆，巴黎）。这幅画的主题既不具有"民主"风格，也不带有情欲色彩，画面中库尔贝家乡宁静的森林构成了其艺术的另一面，这也正是拿破仑三世之妻欧仁妮皇后所欣赏的。库尔贝预想，切纳文斯代表的买家一定是一位上流社会的人物。但是，如果库尔贝猜到买家的真实身份，那么他一定不会答应这桩交易。1866 年，《溪边小鹿》在沙龙展出后，库尔贝将其以 15000 法郎的价格卖给了股票经纪人艾瑞克·莱佩尔-科因特。

菲利普·德·切纳文斯：

您简明扼要的信件让我确信，您在代表政府向我购买这幅作品——因为如果您告诉我有一位夫人想要[购买]这幅画，我可能会开出不同的条件；如果她还有意愿，她有没有告知您想以什么价格购买，这样我可以判断是否能够接受她的价格。

非常感谢您帮助我处理这件事。

最诚挚的祝愿。

居斯塔夫·库尔贝

59 Charlwood St
888.

Dear Mr Evans.

There is no doubt
that I shall get the "Shaving"
to do. Chapman & Hall are
much taken with my work &
are willing to wait till the
Autumn to make a start.
All now depends upon the
Immortal George. I am
collecting my Persianesques &c

奥伯利·比亚兹莱致弗雷德里克·埃文斯

1893 年

　　19 岁的奥伯利·比亚兹莱是一位银行职员，他希望成为一名作家。1891 年 6 月，比亚兹莱向当时伟大的画家爱德华·伯恩-琼斯（参见第 29 页）展示了自己的一些作品。"我从未建议任何人将艺术作为职业，"伯恩-琼斯对他说，"但你是个例外。"比亚兹莱很快得到了一个肥差，受委托为托马斯·马洛礼的新版中世纪史诗《亚瑟王之死》（*Le Morte Darthur*）绘制插画。1893 年，比亚兹莱为摄影师弗雷德里克·埃文斯做肖像模特。他那纤细修长的双手，托着棱角分明又敏感的面容，看似就是为艺术而艺术的美学漫画中的人物。此次，比亚兹莱在给埃文斯的信中提到了马洛礼的项目，以及另一个还未实现的计划，即乔治·梅瑞狄斯不久后在查普曼和霍尔出版社发行的新版东方魔幻小说《沙格帕的修面》（*The Shaving of Shagpat*）。

查尔伍德街 59 号

亲爱的埃文斯先生：

　　毫无疑问，我很快就能够得到这份工作了。查普曼和霍尔出版社很喜欢我的作品，并愿意等到秋季再开始项目。现在一切都依靠不朽的乔治。我正在整理我的作品，准备向他展示，我确信他会喜欢的。今晚，我加快进度完成了《沙格帕》的开头，这种布莱克式的神秘故事，能迅速抓住大师的注意力。

　　我能看出来，查普曼和霍尔出版社愿意付出大价钱。

　　我将你慷慨借给我的《亚瑟王之死》还给你。

　　感谢你的建议。

忠诚的朋友奥伯利·比亚兹莱

　　除非梅瑞狄斯坚持《沙格帕的修面》的开头（我猜他不会放弃）。如果你对这幅画感兴趣，我可以送给你。

Многоуважаемый Анатолий Васильевич

[рукописное письмо]

К. Малевич

卡济米尔·马列维奇致阿那托利·卢那察尔斯基
1921 年 11 月

1917 年 10 月，俄国革命后混乱的几年中涌现了一些先锋派艺术家，他们在为新生的苏联创造视觉语言方面起到了引领作用。列宁并不信任先锋派艺术，但是经过优良教育、受人民爱戴的人民教育委员会委员阿那托利·卢那察尔斯基，仍然积极地让艺术家们参与社会和教育事业，比如白俄罗斯维特伯斯克市的艺术学院。1919 年，卡济米尔·马列维奇从马克·夏加尔手中接管了该学院。马列维奇 1915 年创作的《黑方块》（*Black Square*，特列季亚科夫画廊，莫斯科）正式开创了一种不妥协的抽象艺术。为了实践一些激进的观点，马列维奇在维特伯斯克创建了艺术家和设计师群体"Unovis"（新艺术的确定者）。在俄国革命周年纪念日，马列维奇用圆圈、方块和彩色的线条装饰街道，让居民们困惑不已。

从 1921 年开始，当局对先锋派艺术的态度迅速变得强硬。米哈伊尔·博古斯拉夫斯基等人经常在《真理报》上抨击"新艺术"。马列维奇曾遭契卡（秘密警察）探访，起初被指控颠覆破坏罪，遭到多次逮捕，后来因为卢那察尔斯基的一封信而被释放。在给卢那察尔斯基的信中，马列维奇表示自己在维特伯斯克越来越沮丧和脆弱。几周后，他离开了那里，到达列宁格勒（现为圣彼得堡）。

尊敬的阿那托利·卢那察尔斯基：

当代文化中对待新艺术的态度极为野蛮，虽然中央和各省份（如维特伯斯克）对包括我的作品在内的许多作品持有相同的尊重态度，但我还是发现许多艺术家的作品与各种各样的垃圾一起被丢在错误的房间里，仿佛那里是垃圾场而不是博物馆。不过，在维特伯斯克，有一家博物馆存放着拿破仑和普希金的面具，吉尔吉斯的项链、耳环和餐具和盛水的干葫芦，这些藏品依然得到当地官员的重视。[……]他们看不到新艺术的意义，也没有采取任何措施来保护它。即使在政府报纸上，你也经常会发现各种各样的侮辱言辞，对人们能有什么期待呢？仅因为他们的盲目性，便朝着新艺术及其代表吐口水，将新艺术当成了痰盂[……]例如，博古斯拉夫斯基在《真理报》第 224 期的文章扭曲事实，称大约 6 亿卢布被用于未来主义艺术，他写道："把这些寄生虫从国家的肩膀扯下来。"这个人是否真正明白自己在说什么？他的文章对各省人民意味着什么？这意味着"要远离他们，并将他们锁在地牢中！"[……]比如，我自己就被投入地牢中，而不是在疗养院里，我在那里几乎窒息了。但是感谢你——感谢你写信说要帮我找疗养院。他们在我被捕时发现了这封信。如果我被逮捕，那么契卡显然已经无事可做了[……]

K. 马列维奇

Red Hill July 16 /83

Dear Sir
         Here annexed is a Sketch
of the Constable picture Which I took
up at your request & painted some sheep
into — And in order to make it Clear
Where my work begins & ends I have
indicated The Constable by black ink
and my work by red chalk .
Hoping This Will answer the end
your propose   I am yours faithfully
                    John Linnell Sen

James Muirhead Esq

answer to letter of the 15th /3

约翰·林内尔致詹姆斯·穆尔海德
1873 年 7 月 16 日

　　1873 年 7 月 1 日，两位画商拜访了约翰·林内尔。林内尔在日记中写道："穆尔海德和布朗先生买了一幅据说是康斯特布尔的画。"两人要求林内尔对这幅画做些改动，他同意"在上面画上绵羊，让作品更有康斯特布尔和林内尔的感觉"。他需要在两周内完成改动，可以得到 100 英镑的报酬（约等于现在 6300 英镑）。大约在见面后第 15 天，林内尔写信给穆尔海德，证明自己高效的业务声誉：他在截止日期之前完成，并且为这幅画附了一张标注颜色的草图，"让你清楚改动的地方"。

　　此时，林内尔已成为英国取得最高商业成就的画家。通过售卖肖像和风景画，他有能力在英国萨里郡雷德希尔建一座宅邸，他的九个孩子在接受家庭式教育。林内尔知道自己所画的田园景色与农民对农田的希冀相比，更加富饶。作为虔诚的基督教徒，他对田园风光的感受常常基于圣经中的一些象征元素，如羊群、牧羊人、收割和耕种。对林内尔而言，羊群通常不仅是风景的点缀：在《沉思》（*Contemplation*，1964~1865 年，泰特美术馆）中，安静的羊群似乎可以为他带来不受打扰、令人振奋的阅读时光。

　　19 世纪 20 年代，林内尔曾是富有远见卓识的艺术家威廉·布莱克（参见第 31 页）和塞缪尔·帕尔默的忠实拥趸，他曾为后者提供资金、人脉资源和项目委托方面的支持。1837 年，林内尔最小的孩子汉娜与帕尔默结婚，身份变为丈人和女婿后，两人的关系却变得紧张。林内尔与约翰·康斯特布尔（参见第 75 页）也产生了一些矛盾，后来证实，是康斯特布尔导致他竞选皇家艺术院会员时一再失利。林内尔对这次"干预"康斯特布尔的风景画似乎并没有任何不安感（在不确定这幅画真伪的情况下）。

- -

雷德希尔　　1873 年 7 月 16 日

尊敬的先生：

　　随函附上了一幅康斯特布尔作品的草图，我按照你的要求画上了绵羊。为了让你清楚改动的地方，我用黑色标注康斯特布尔的部分，用红色标注我的部分。

　　希望成品能让你满意。我是你诚挚的朋友。

　　　　　　　　［老］约翰·林内尔回复尊敬的詹姆斯·穆尔海德先生
　　　　　　　　　　　　　　　　1873 年 7 月 15 日的来信

安迪·沃霍尔致罗素·林内斯
1949 年

安迪·沃霍尔 20 岁时写信给《时尚芭莎》（*Harper's Bazaar*）的摄影师兼助理编辑罗素·林内斯，撰写了一份（非常）简短的个人简介，并由此获得了第一份专业工作。1949 年，沃霍尔在匹兹堡的卡内基理工学院完成学业，并成了一名纽约的商业艺术家。接下来十年，他为《时尚芭莎》制作了数百幅插图，杂志的时装编辑戴安娜·弗里兰决心让这本杂志比其竞争对手《时尚》（*Vogue*）更具现代感和活力。沃霍尔为各种时尚配饰，如鞋子、连衣裙、手提包、手表等绘制了清晰且异想天开的插图，也为 20 世纪 50 年代的时尚赋予了独特的高级俏皮感。在这个时期，沃霍尔为麦迪逊牌鞋子设计的广告斩获了 1955~1956 年广告奖，迎来了职业生涯高峰。到了 20 世纪 60 年代初，他开始根据漫画和广告创作绘画，引领了美国新一波波普艺术风潮。

你好，林内斯先生，非常感谢你。

个人简介

我的人生履历无法写满一便士的明信片。

1928 年，我出生在匹兹堡（和其他所有人一样——出生在一个钢铁厂）。

我毕业于卡内基理工学院，现居纽约，不断地在常有蟑螂出没的公寓之间搬来搬去。

安迪·沃霍尔

第七章

“想去威尼斯”

isn't this crowded or this sun
as depressed as I was in Paris
ayed at Zimbabwe an
oraises. The heat is not at all
relid the Louvre which is ju
rein Venice! There are so ma
uredly you would find no arch
think the French air exquisite.
anremo – going by Milan & Sa
nost any climate in Italy you c
am in Cuban soil working. It r
I want to get
nd many good friends who wa
which is exactly what we're doi
nind and body are at rest and
ou're both well and having a g
n Sorgues I send you friendly g
hen going to the South of Fran

here at the moment, but we

Everything is quite simple and

the country from there to her

ad and there is always good

across 旅 行 the Seine outs

nice men among the Italian

ecture to interest you, I think t

hen you find it getting too co

ona – a railway journey I drea

ose, provided you do not allo

lly is a great experience to be

f at Port Sudan and go to The

me not to eat and drink with

g! The town is simple & comfo

expect to be very much benef

od summer. Write us, we hope

eetings. How the Mistral blows

e to visit with the Gimpel's &

Villa Fijini.
Barzanò.
Monza.
Italia

8 September 1885

My dear Hallam,

The Photograph arrived quite safely yesterday Evening, & I am delighted with it. I am so much obliged to you. I always felt sure she had beautiful eyes, in spite of the 1st Photograph which probably was so arranged by the wife or other feminine party belonging to the Photographer who had got ugly eyes, & was jealous of all pretty ones. As soon as I get back to Sanremo I shall have the likeness framed; the face is so charming that even if it belonged to Mrs Peregrine Pobbsquobb or anyone else & not Hallam Tennyson's wife it would be a lovely portrait to look at. The arrangement of the hair is perfect. — how strange that 9 out of 10 women cannot see that such a simple matter improves their beauty, &

— on the contrary — prefer nourishing Goat curls & other hideousnesses! Thank you very dear boy, & likewise give my thanks to your Audrey — for you have both given me a real pleasure. || I leave here tomorrow, & return to my native 'ome at Sanremo — going by Milan & Savona — a railway journey, I detest — for I am extremely feeble. The Mendellers were coming down here tomorrow, but I wrote to put them off & meet at Milan. It is so wet here now that there's no fun for the time being. || I send to Sanremo 128 of my 200 Tennyson illustrations so pretty well completed. More about the whole work at a few other rhyme. || I have just had a very nice letter from your Uncle Edmund, & have made a confidence to him (as to the D of Argyll — in the house seen in correspondence about certain Nile stratifications,) which I shall repeat to you in verse, on the next leaf. || Lofty thinks of you all at Aldworth: I should like to be there. Give my love to your Mother & Father & to the 2 worlds & to your Audrey.

You are fortunate indeed to be so happy a marriage, yet I fancy the happiness is well merited if only for your Father & Mother's sake — not to speak of your own, which you are by no means a bad one —

Good bye my dear Hallam —

Yours affectionately, Edward Lear

1
When leaving this beautiful blessed Brianza
My trunks were all corded & locked except one;
But that was unfilled, though a dismal mancanza,
Nor could I determine on what I should do.

2
For, out of three volumes, (all equally bulky,)
Which — travelling, — I constantly carry about,
There was room but for two. So, though angry & sulky,
I had to decide as to which to leave out.

3
A Bible! a Shakespeare! a Tennyson! — Stuffing
And cramming and squeezing were wholly in vain.
— A Tennyson! Shakespeare! and Bible! — All puffing
Was useless, and one of the three must remain.

4
And this was the end, (as is truth & no libel;)
Aweary with thinking I settled my doubt.
As I packed & sent off both the Shakespeare & Bible
And finally left the "Lord Tennyson" out!

Villa Fijini. Barzanò. Monza.
8 Septr 1885

爱德华·李尔致哈勒姆·丁尼生
1885 年 9 月 8 日

爱德华·李尔是一位旅居罗马的外籍艺术家，1849 年的欧洲革命迫使他回到英格兰。不久前，李尔出版了两本书。其中，《意大利画记》（*Illustrated Excursions in Italy*）是一部地形集，维多利亚女王要求李尔将这本书编写为绘画课程的教材。《荒诞书》（*A Book of Nonsense*）中有 72 首五行打油诗，以及为幻境中一些稀奇古怪角色所作的素描，但后者并未引起世人的关注。

李尔回到英格兰，与桂冠诗人阿尔弗莱德·丁尼生及其妻子艾米莉建立了长期的友谊。丁尼生就李尔的希腊之行，为其新书写了一首诗；李尔对艾米莉说，丁尼生的诗歌为他带来的愉悦感"无以言表"。1869 年，李尔重回意大利，居住在圣雷莫，并创立了一个项目，为丁尼生的所有诗歌绘制插画。直至 1885 年，该项目依旧在进行中，当时李尔写信给丁尼生的长子哈勒姆（未来的澳大利亚总督），感谢他寄来新娘奥黛丽的照片，同时告诉他报告正在撰写中。李尔在信的结尾，用诗一般的语言讽刺自己这段行李超重的旅行，他共有三本巨著，却只能携带其中两本。"装入一本圣经！一本莎士比亚！一本丁尼生！无论怎么挤压、填塞，都完全无法兼顾 [……] 最终，我决定将莎士比亚和圣经打包带走，扔下了'丁尼生阁下'！"

亲爱的哈勒姆：

昨天夜里，照片安全地寄来了，我很开心。真的非常感激。我一直觉得她［奥黛丽］有一双美丽的眼睛。不过，第一张照片的构图可能是摄影师的妻子或聚会上的其他女性朋友设计的，她们的双眼并不美丽，却嫉妒着一切美丽的眼眸。我回到圣雷莫便会将我喜欢的作品装裱起来；这些面庞是如此迷人，即使照片属于博雷克林夫人等人，而不是哈勒姆·丁尼生的妻子，它依旧是一幅值得欣赏的肖像作品。发型太美了：很奇怪，女人们多半没有发现这个简单的道理，发型可以让她们更加美丽。相反，女人们喜欢山羊卷等可怕的发型！孩子，谢谢你，另外，请替我向奥黛丽表达谢意，你们夫妇俩让我感到很开心。明天我将离开这里，回到家乡圣雷莫，途中会经过米兰和萨沃纳，因为身体较弱，我讨厌甚至惧怕火车旅行 [……] 我将为丁尼生所作的 200 幅插画中的 120 幅送往圣雷莫，这 120 幅已经完美地完成了，剩下的作品还需要耐心等候 [……]

能够拥有幸福的婚姻是多么美好，但是我想这种幸福归功于你的父母——而不是你，因为你绝对是一个坏小孩。

再见，我的哈勒姆。

爱你的爱德华·李尔

July 19

There is little to be said for this place — it is so perfect. Nothing but praises. The heat is not at all bad and there is always good relief. It quite exceeds my expectations. There is beauty everywhere — comfort — freedom. Mind and body are at rest and I expect to be very much benefited by this. Rest your mind wholly of any "homo" — possibilities. I hope you were not as depressed as I was in Paris. Everything is quite simple and well now.

Just received word from Duchamp that Man Ray is coming over — arriving the 32nd.

Best of luck and wishes for you! Would be very glad to hear from you — here.

Yours

B.9.

贝莱妮丝·阿伯特致约翰·亨利·布兰得利·斯托斯
1921 年 7 月 19 日

20 世纪 30 年代，贝莱妮丝·阿伯特用长达十年的时间拍摄纽约的街道和建筑，这也是她的摄影成名作。此外，她曾为詹姆斯·乔伊斯、让·谷克多、尤金·阿杰特等人拍摄正式的坐姿肖像，同时作为 19 世纪末期最谦虚的影像历史记录者，用不凡的作品探索并记录了当时的巴黎。然而，阿伯特是雕塑学徒出身。一战期间，阿伯特与旅居纽约的马塞尔·杜尚（参见第 39 页）以及雕塑家和诗人艾莎·冯·费莱塔格·萝玲霍芙相遇，受到两人鼓励，于 1921 年 3 月离开纽约前往巴黎。在旅途中，阿伯特遇到了曾师从罗丹的美国雕塑家约翰·H. 斯托斯。

阿伯特通过斯托斯找到了一份为艺术家当模特的工作。然而，即使她教雷格泰姆舞，并卖掉了一些雕塑，仍然不足以支付自己期待的安托万·布德尔课程的学费。在蒙帕纳斯的艺术家聚居地，她再次见到了杜尚，还遇到了杜尚曾在纽约为她介绍的实验摄影师曼·雷。就在 1921 年，雷因为自己和杜尚在美国的达达主义出版物（参见第 63 页）发行失败，伤心欲绝，离开纽约前往巴黎。

阿伯特在蔚蓝海岸布里尼奥勒的小镇上度过暑假时，给斯托斯写信，表示尽管自己在巴黎感到了"完全自由"的狂喜，包括公开表达自己是女同性恋的自由，可是她在那里的生活并不一帆风顺。秋天，她在"一闪而过的直觉"的影响下，决定坐火车去柏林，并于 10 月写信告诉斯托斯："这是第一个令我无比激动的地方，激动到流下眼泪——给了我很多能量和力量。"但是，20 世纪 20 年代，德国处于经济崩溃的状态。阿伯特失去了经济来源，只好又回到巴黎。一次，阿伯特在酒吧里遇到了曼·雷，得知他的创作生涯与自己相反，正在蓬勃发展。曼·雷刚刚辞掉了自己的画室助理，于是将这份工作给了阿伯特。在跟随曼·雷学习一段时间的摄影技巧后，1926 年，阿伯特在巴黎建立了自己的肖像工作室。

．．

这个地方几乎没有什么可说的——它如此完美。我能做的只有赞美。这里一点都不热，可以很好地舒缓心情。这里完全超出了我的预期，到处都是美景、舒适、自由。身心都感到放松，希望能从中受益。放松心情，完全放弃"同性恋"的可能性。我希望你不像我在巴黎那般沮丧。一切都很简单、很棒。

刚收到杜尚的消息，曼·雷即将来这儿——22 号抵达。

祝你好运！很高兴收到你的来信。

你的朋友贝莱妮丝·阿伯特

CARTE POSTALE

G. Braque
Sorgues
(Vaucluse)

Correspondance   Adresse

Mes chers amis
Rentré sans incident
à Sorgues je vous envoie
un amical bonjour.
Quel Mistral!
Ma chère Carola écrivez bien
moi, j'ai été bien
heureux d'avoir
de bonnes nouvelles
au votre deux
Marcelle
G Braque

M. Dermée
7 Rue Vindée
La Celle S.t Cloud

(Seine & Oise)

乔治·布拉克和马塞尔·布拉克致保罗·戴尔梅和卡罗琳娜·高德斯坦

1918 年 8 月 17 日

1912 年 7 月下旬，乔治·布拉克和新婚妻子马塞尔·布拉克与毕加索及其女朋友伊娃·谷维同住在索尔格的普罗旺斯小镇。1908 年，毕加索笑称自己和乔治"就像绑在一起的登山运动员"，两人共同完成了二维图像制作的再概念化，后称为立体主义。在索尔格的那年夏天，毕加索和布拉克一起吃饭，探讨如何将实体物品的概念再次引入他们日趋抽象的创作风格中。布拉克将沙子加入颜料，毕加索则将一片印有藤椅花纹的纸张粘在静物画上。布拉克从阿维尼翁附近的商店买下一卷带有橡木纹理的壁纸，将其裁成数片，粘成画纸，这是他"纸张拼贴"系列或抽象拼贴作品的开端，并最终成为立体主义对现代艺术贡献的源头之一。

随后几年，布拉克和马塞尔每年夏天都会前往索尔格。1914 年，两人于 8 月返回巴黎，紧接着战争爆发，布拉克应征入伍。1915 年 5 月，在卡朗西战役凶险的地雷战中，布拉克被榴霰弹击中头部，双目暂时失明。于是他回到索尔格短暂地休养了一阵子，让自己的视力逐渐恢复。直到 18 个月后，布拉克才重新开始画画。1918 年 8 月，德军终于撤离了索姆河一带，于是，布拉克获准从部队离开，"安全回到索尔格"。

这张来自阿维尼翁的假日明信片是写给比利时诗人保罗·戴尔梅及其妻子的。戴尔梅的妻子是罗马尼亚诗人卡罗琳娜·高德斯坦，笔名是席琳·阿诺德。两人很快就加入了战后国际达达主义运动（参见第 63 页），运动的无政府主义精神领袖特里斯坦·查拉任命戴尔梅为达达主义在巴黎的官方代表。阿诺德曾为多份达达主义刊物供稿，包括弗朗西斯·毕卡比亚的刊物《391》，并参与了达达主义行为艺术。抽象拼贴画是布拉克 1912 年在索尔格实验的第一种媒介，由他与毕加索两人共同命名，再加上蒙太奇照片的衍生作品，共同构成了达达主义反政府军械库中最受欢迎的武器。

（沃克吕兹省）索尔格

亲爱的朋友们：

我已安全回到索尔格，为你送来亲切问候。密史脱拉风好大呀！

G. 布拉克

亲爱的卡罗拉来信了——很开心你们有好消息给我。

马塞尔

26th July.

Bridge of Turk.

My dear Sir

I cannot give a satisfactory answer to your letter, as it depends entirely on the particular form of affection of throat or chest by which you are affected whether Italy will be good or bad for you. Of Australia I know nothing, but as in all probability, both the accommodations and medical advice are inferior there, and assuredly you would find no architecture to interest you. I think the disadvantages ... countable ... the probable gain: the great thing is to keep your mind agreeably employed. and not to expose yourself rashly. With precautions - you may obtain almost any climate in Italy you choose, provided you do not allow yourself to be led away by any temptation into the shady side of a street, when you know you ought to keep the sunny one. - I think Italy - take it all in all. an excellent country for an Invalid; but

约翰·拉斯金致未知收件人

1853 年 7 月 26 日

1848 年，约翰·拉斯金与尤菲米娅·查默斯·格蕾（常被称为艾菲·格雷）结婚。两人的初次见面是在七年前，那时格蕾还只有 12 岁，而拉斯金毕业于牛津，是一位作家、天资不凡的画家。随着《现代画家》的前两卷分别于 1843 年、1846 年出版，拉斯金逐渐成为维多利亚时期英国最权威的艺术评论家。他下一个大项目是两部关于威尼斯哥特建筑的书籍，1849~1852 年，他一直待在威尼斯。拉斯金研究并绘制出"各部分"中世纪威尼斯的"每一块石头"，让艾菲独自享受社交生活。他们似乎各自拥有快乐的生活。但是，在这段婚姻中，两人从未同房。此外，拉斯金沉迷于工作，亲近有控制欲的父母，他与艾菲之间冲突不断。

拉斯金回到英格兰后，为一群自称为拉斐尔前派的年轻画家背书。艾菲曾为其中一位画家约翰·埃弗里特·米莱斯的历史画担任模特，后来拉斯金夫妇邀请米莱斯一起去苏格兰度假。1853 年 7 月初，三人抵达格林芬拉斯的土耳其之桥，并在那里租了一幢小别墅。拉斯金在别墅里完成了下一本书《威尼斯之石》（*The Stones of Venice*），米莱斯则以艾菲为模特绘制了一些速写和素描，准备以此为基础创作一幅肖像画。拉斯金给未知收件人（一个患有胸腔疾病的旅行者）的信中充满了模糊不清却情真意切的健康小建议，信中并未提到在他眼皮底下悄悄展开的婚外情，尽管他用的边缘皱褶的信纸好像来自艾菲。不到一年后，两人的婚姻就破裂了：1854 年 7 月 15 日，艾菲与拉斯金离婚，理由是"无法治愈的性无能"（拉斯金后来否定了该理由）。1855 年 7 月，艾菲与米莱斯结婚。

土耳其之桥

尊敬的先生：

我不能依据你的来信给出满意的答复，因为这完全取决于你喉咙或胸部的具体情形，与意大利气候是好是坏无关。我不了解澳大利亚，但很可能那里的住宿和医疗情况都很差，肯定没有你感兴趣的建筑，我认为，那里的不利因素会抵消潜在的收益：最好的办法是理性分析，不要轻率地暴露自己。在采取预防措施后，你可以在意大利体验各种气候，前提是不要让自己待在街道的背光面，你应该永远站在阳光下。我认为总体来说，意大利非常适合疗伤者 [……] 我觉得法国的空气很新鲜。如果那里对你而言太冷，可以坐火车来巴黎，再去尼斯 [……]

7 July 58

REFLETS DE LA COTE BASQUE
SAINT-JEAN-DE-LUZ
14 - La Plage et la Rhune

Dear Miz, Hans.

It isn't this crowded nor
this sunny here at the moment
but we love it; have a large
place and lots of room to
paint — which is exactly what
we're doing! The town is simple
& comfortable… really, a french
Provincetown. Hope you're both
well and having a good summer.
Write us, we hope. What's new?
    Villa Ste-Barbe
    rue Ste-Barbe
        St. Jean-de-Luz (B. Pyr.)
Love Helen + Bob.
                    France.

Édition C. D., 24, rue Bobillot, Par

MEXICHROME
couleurs naturelles

AVION

Mr. & Mrs. Hans Hofmann

Provincetown
Mars.
        U.S.A

PAR AVION

海伦·弗兰肯特尔和罗伯特·马瑟韦尔致玛丽亚和汉斯·霍夫曼

1958 年春，海伦·弗兰肯特尔和罗伯特·马瑟韦尔结婚，夏季在法西边界海边小城圣让德吕兹度过了长达数月的蜜月期。弗兰肯特尔在这张明信片中告诉曾经的老师汉斯·霍夫曼及其夫人玛丽亚（米兹），自己和马瑟韦尔在小城最大的沙滩旁租了一座别墅，有"很多空间可以作画"，他们想要充分利用那里的空间。马瑟韦尔比自己的第三任妻子大 12 岁，当时已成为一名原创抽象表现主义画家。20 世纪 40 年代，马瑟韦尔与杰克逊·波洛克（参见第 115 页）得到了纽约美术馆经理佩姬·古根海姆的赏识。在圣巴尔贝别墅中，马瑟韦尔继续创作十年前便着手绘制的组画《西班牙共和国的挽歌》（*Elegy to the Spanish Republic*）。该组画的特点是晦暗的直立方块和椭圆形排列，类似的画最终多达 170 多幅。

年轻的弗兰肯特尔是美国抽象画家的拥趸。1950 年，她看到波洛克的滴画，第一次被抽象画的可能性点燃，希望"生活在那个世界……掌握那里的语言"。弗兰肯特尔曾与极富影响力的批评家克莱门特·格林伯格相恋五年，度过了一段仿佛"沐浴在画作中"的时光，观看画展，与顶尖艺术家见面，并自主探索"渗透染色"技法，将稀释后的颜料泼洒在粗糙的画布上，使其直接渗透进去。《银色海岸》（*Silver Coast*，贝林顿学院，佛蒙特州）创作于圣让德吕兹，融合了阴暗的蓝灰色晕染，以及红、黑、赭三色涂抹或溅开的爆炸状图案。

弗兰肯特尔和马瑟韦尔均出生于富裕家庭，喜欢旅行和娱乐等上流社会的生活方式。汉斯从普罗温斯顿某学校退休后不久，便给霍夫曼夫妇写了这封热情洋溢的信，那时汉斯已 78 岁高龄。该校是霍夫曼最后工作的地方，他曾在德国、美国等多个国家的学校任教，非常受人尊重，是一位行事高效的导师（从曾师从霍夫曼的著名艺术家名单得知）。

亲爱的米兹和汉斯：

现在，这里很宽敞，阳光并不充足，但我们喜欢这里；这座房子内有很多空间可以作画——我们就在做这件事！这座小城简单而舒适……是名副其实的法国的普罗旺斯城。希望你们都很好，夏天过得愉快。写信给我们，我们希望知道：有没有新消息？

法国圣让德吕兹（庇护牛斯，大西洋省巴约讷区）圣巴尔贝街圣巴尔贝别墅

爱你们的海伦和鲍勃

阿尔布雷希特·丢勒致威利博尔德·皮尔克海默
1506 年 2 月 7 日

　　1505 年年底，阿尔布雷希特·丢勒从纽伦堡启程，第二次来到威尼斯。丢勒上一次来威尼斯还是 1494 年秋，那时他还是年轻的艺术家，与意大利文艺复兴艺术的唯一联系是版画。当时的丢勒非常自信、认真、富有创造力。他在翻越阿尔卑斯山的旅途中创作了一幅水彩画风景，这是风景第一次正式在艺术领域出现。

　　丢勒作为著名艺术家回到威尼斯，自己的工作室也蒸蒸日上。起初，他被曾在纽伦堡工作过的威尼斯画家雅各布·德巴尔巴里（又称雅各布大师）辞退，但他依旧坚持自己的理想，希望能完善自己在透视和经典比例方面的知识。丢勒抵达威尼斯几周后，写信给挚友和人文主义者皮尔克海默，信中他似乎急切地想挑战意大利艺术家的根基。几位德国商人委托丢勒为威尼斯的教堂作画，其中就包括《玫瑰花环的盛宴》（*Feast of the Rose Garlands*，捷克国家美术馆，布拉格）。

　　首先，我愿意为你服务，尊敬的阁下！如果进展顺利，我会全心全意待你，就像对待自己一样。最近才写信给你，希望你能收到这封信。与此同时，母亲写信给我，责备我不联系你［……］她说我必须求得你的原谅，而且用她自己的方式表示对这件事非常关心［……］

　　多么希望你在威尼斯！这里有许多善良的意大利人，每天都来找我做伴，我非常开心——有学富五车的智者、技巧纯熟的鲁特琴和风笛演奏者、绘画鉴赏家，还有品德高尚的人［……］

　　我有很多意大利的好朋友，他们告诫我不要与画家吃饭喝酒。还有一些人是我的敌人，在教堂或任何地方看到我作的画，他们都会去临摹；之后，还会诋毁我的画，称风格不够古典、质量不高。乔瓦尼·贝利尼却在许多权贵前给我以高度评价。他希望买我的画，还来我这儿，邀我为他作画，他会给予大笔的报酬作为回馈。很多人都说他是一个非常正直的人，所以我对他非常友善。他虽然年岁已高，但依然是最优秀的画家。对于 11 年前让我感到开心的事，我已失去了兴趣［……］要知道，除了大师雅克布，还有很多更优秀的画家［……］

　　我的朋友！我想知道，你是否有一位爱的人过世了——那位住在海边的女孩，或者喜欢［花］或喜欢［为猎狗］梳毛的女孩，你可能要把她的位置给别人［……］

APRIL 17

DEAREST EVA

KYOTO BEYOND ALL
DREAMS
SOUND OF BROOK
UNDER MY WINDOW
CHERRY PETALS
LIKE SNOW IN AIR
FEET ON CRUSHED
STONE
WATER REFLECTING
LOVE AND BE WELL
CARL

POST CARD

air

EVA HESSE DOYLE
EWING PAVILLION
68TH ST & FIRST AVE
NEW YORK CITY
NEW YORK

USA

卡尔·安德烈致伊娃·海瑟
1970 年 4 月 17 日

1970 年春，日本第十届东京双年展上，卡尔·安德烈送给伊娃·海瑟（参见第 111 页）一张安德烈自己认为对方会喜欢的明信片，上面是一幅日本版画或油画，主题是龙安寺花园，这是一座位于东京西北方向的禅寺和王室陵寝。画中不规则的岩石周围散布着白色石子，僧侣每天会用扫帚将其扫成逐渐散开的水波形状。这座花园是枯山水园林的典范，也被看作冥想胜地。龙安寺将自然事物与富有韵律的图案结合，与海瑟的雕塑作品，更深入地说，与安德烈的极简主义风格有些共通之处。安德烈创作的基础是将标准工业化生产的物体有序排列，比如砖块和金属板。安德烈"轴对称"的核心理论与他在美国铁路上多年的工作经历有关，那时他周围的环境是"平行的铁轨，斑驳锈迹，以及大量堆积的煤炭等物料"。

二战之后，日本的艺术家开始不断拓展艺术的平行边界，通过应用工业原料和自然材料，探索行为和装置艺术等其他替代媒介。1970 年东京双年展的主题为"人与物质"，这可看作美国、欧洲、日本激进艺术家的首次大规模聚集。海瑟的挚友和创意合作者索尔·勒维特也来到了双年展，并陪伴安德烈在日本旅行，几天后，勒维特从龙安寺岩石公园寄出自己的明信片。

安德烈和勒维特偶遇这个几世纪前古老的极简主义装置艺术，显得非常激动。安德烈受其感染，用日本诗歌的形式写下这张明信片，诗句凌乱排布，仿照十七音节的俳句。当然，这只是诙谐的模仿，却是给"亲爱的伊娃"的一封认真的慰问信。前一年 4 月，海瑟因脑部肿瘤接受了手术。海瑟的复诊结果并不乐观，但她依旧坚持创作、办展，直到 1970 年 5 月 22 日，也就是安德烈从日本将明信片寄来后的一个月，她陷入昏迷，并于 5 月 29 日去世。

---

4 月 17 日

亲爱的伊娃：

东京等地，
溪水之声，
吾窗之外，
樱桃花瓣，
漫天如雪，
双脚轻踏，
细碎石子，
感知水流，
爱你，保重。

卡尔

C/o Thos. Cook Salisbury S. Rhodesia.

22/2/57 — Dearest Erica I got here
about a week ago I stayed at Zimbabwe
and the country from here to there is too
marvellous it is like a continual Renoir
landscape and Zimbabwe itself is incredibly
Robert Helen Peny has left and will be back
in London soon I've started to work it
is so thrilling here and I met some one
who has a farm near Zimbabwe and am going
back there now that I've got my car Robert
here with his photos I could well earn some
to try and do a jet or 3 quickly — could the
gallery possibly advance me £50 or now
that I've left Robert I've practically no money
I've to return ticket by air which I'm enough
and I'm trying to get a boat from Beira up
the east coast they call in at all the ports and I'm
meant to get off at Port Sudan and go to
Thebes and rejoin the boat again at Alexandria
to Marseille. I'm trying to get a passage on a
boat that leaves Beira on the 18th of March
and I should be home about the end of April
I would be terribly grateful if you could do this
for me everyone is so terribly nice here that
I hate sponging on them all the time and paints

弗朗西斯·培根致艾丽卡·布豪森
1951 年 2 月 22 日

　　1950 年 11 月，弗朗西斯·培根在罗伯特·希伯-珀西的陪伴下坐船到南非；1950 年 4 月，伯纳斯勋爵逝世之前，"疯男孩"希伯-珀西一直作为其爱人和伴侣陪伴在他身旁。培根打算前去罗德西亚（现为津巴布韦），拜访珀西的母亲，并经由埃及返回英格兰。两年后，弗朗西斯·培根在艾丽卡·布豪森新建不久的汉诺威画廊举办自己的首展，艾丽卡资助的年轻艺术家还包括卢西安·弗洛伊德（参见第 13 页）。培根虽阅读广泛却未接受良好的教育，所以信中满是他特有的无标点式的闲言碎语和无恶意的玩笑，甚至还向艾丽卡索要资金。艾丽卡似乎没有立即回复他，因为五天后培根又在信中写道："抱歉再次叨扰，但您可否立即汇来 50 英镑（约等于现在的 1500 英镑）。"

转交陶丝·库克　索尔兹伯里市罗德西亚

最亲爱的艾丽卡：

　　我几周前来到这里 [，] 现暂住津巴布韦 [，] 这个国家的风景太 [原文为"to"，拼写错误] 美了 [，] 像是连续的 [原文为"contin"，拼写错误] 雷诺阿式风景，津巴布韦真是太美了 [。] 罗伯特·希伯-珀西想要离开而且很快就会回到伦敦 [，] 我已经开始创作 [。] 这里令人很害怕，我遇到了一位津巴布韦附近的农场主而且我会回到这儿，但现在我被罗伯特用枪射中了并且快速地被击中了三次——画廊能否预支我 50 英镑？因为现在罗伯特离开了所以我这里几乎没有钱 [。] 我再次购买返程票并且改变主意试图从任意港口乘坐东海岸贝拉港来的船，接着在苏丹港下船，然后来到底比斯，再在亚历山大港重新登船坐到马赛港 [。] 我试图搭乘 3 月 18 日离开贝拉的船而且我应该在 4 月底之前到家 [。] 如果你可以帮助我，那么非常感激 [，] 这里每个人都对我非常好 [，] 但我不想在这里白吃白喝而且颜料和画布非常贵 [。] 你可以从伯克利街的陶丝·库克办公室寄到他们在索尔兹伯里的分公司，并且电汇给我 [，] 接下来三周我将不断进出索尔兹伯里——比起吃得多和富裕，男人的懒惰更令人惊讶——早上 11 点就开始喝香槟了——告诉亚瑟——罗德西亚的警察和他穿得完全一样 [，] 性感得无以言表 [，] 笔挺短裤和超光滑紧身裤——我感觉即使再过 20 年 [，] 我们仍会拼了命留在英格兰，我确定你会喜欢这个国家。爱你们所有人。

弗朗西斯

Dear Judy:

Here I am in Cuban soil working. It really is a great experience to be working in my homeland. I am in a cardenosa area in a mountain region in the province of Havana.

Will show the work in New York in November. Have a good summer and more to New Haven.

All the best, love, Ana

Judith Wilson
317. East 13th Street
Apt 2B
New York, New York
10009
USA

CUBA correos 13
TORNEO BOXEO
GIRALDO CORDOVA
CARDIN
1972

TARJETA POSTAL

安娜·曼迪耶塔致朱迪斯·威尔逊
1980 年 8 月 20 日

"我在古巴的土地上工作，"安娜·曼迪耶塔写信给朋友、艺术史学家朱迪斯·威尔逊，"体验真的非常好。"这次古巴之行发生在 1980 年 8 月，是曼迪耶塔 12 岁后第一次回到古巴。曼迪耶塔 12 岁时，父亲将她和姐姐送往更安全的美国，不久后，父亲因为反对总统菲德尔·卡斯特罗而被捕，在监狱中度过了 18 年。曼迪耶塔与姐姐分开后，被遣送到艾奥瓦州的一所管教严苛的改革学校，并辗转住过多个寄宿家庭。

曼迪耶塔 20 岁时，参与了艾奥瓦大学研究生综合项目，创造出"大地—身体雕塑"风格，她将自己的身体、自然环境、血液、土地、火等基础材料作为表演艺术、摄影和视频的核心。1971 年，曼迪耶塔前往墨西哥，开始创作《轮廓》（Silueta）系列，用石头、树叶甚至照明弹等不同方式，在地上标记自己的身体轮廓，她说"我回到了源头，在这里我就能得到些神奇的能力"。1981 年，曼迪耶塔第二次回到古巴，在哈鲁科高地的岩石上创作《石洞雕塑》（Rupestrian Sculptures）。"本人的艺术植根于这样的理念，普适的能量能够在万物间流淌，"她写道，"从昆虫流入人体，从人体进入鬼怪，再从鬼怪潜入植物，由植物漫出星河。"

1978 年，曼迪耶塔搬到纽约，成为一名女性主义运动者。1979 年，她在专为女性艺术家服务的 A.I.R. 画廊展出《轮廓》系列。经画廊联合创始人南希·斯佩罗（参见第 99 页）引荐，她与极简主义艺术家卡尔·安德烈（参见第 199 页）相识。两人的作品如两人的性格般无法融合，曼迪耶塔激进直爽，安德烈则内敛理性，然而出人意料的是，1985 年 1 月两人结婚了。同年 9 月 8 日，安德烈在曼哈顿 34 楼的公寓中拨打急救电话，声称自己的妻子"不知何故从窗户摔了出去"。安德烈因此被指控谋杀罪。似乎两人酩酊大醉后，发生了暴力争执，但是曼迪耶塔的死亡原因一直未得到确认，最终安德烈无罪释放。曼迪耶塔的朋友无法相信她会自杀。"她说自己正进行新的创作，"其中一位朋友回忆道，"她准备戒酒戒烟，因为女性艺术家在年轻时不会得到认可。她说希望能够长命百岁，享受成功的时刻。"

亲爱的朱迪：

我在古巴的土地上工作。在祖国工作真的是一次很棒的经历。我目前在哈瓦那省某山区的一个开阔区域。

11 月会在纽约展出作品。享受美好的夏天，然后前往纽黑文。

一切顺利，爱你，安娜

Dear Jackson — Sat —

I'm staying at the Hôtel Quai Voltaire, Quai Voltaire
Paris, until Sat the 28 then going to the south of
France to visit with the Gimpel's, & I hope to get
to Venice about the ~~end~~ early part of aug ust — It
all seems like a dream — The Jenkins, Paul & Esther
were very kind, in fact I don't think I'd have
had a chance without them — Thursday nite
ended up in a Latin quater dine, with Betty
Parsons, David who works at Sidney's, Helen Franken-
thaler, The Jenkins, Sidney Giest & I don't remember
who else, all dancing like mad — Went to the flea
market with John Graham yesterday — saw all the
left bank galleries, met Drouin and several other
dealers (Tapie, Stadler etc). am going to do the
right bank galleries next week — & entered the
Louvre which is just ~~an~~ across the Seine outside
my balcony which opens on it — About the Louvre
I can ~~say anything~~ — It is over whelming — ~~that~~
beyond belief — I miss you & wish you were shar-
ing this with me — The roses were the most beauti-
ful — Kiss Gyp & ahab for me — It would be
wonderful to get a note from you — Love Lee —
The painting here is unbelievably bad (How are you
Jackson?)

李·克拉斯纳致杰克逊·波洛克
1956 年 7 月 21 日

    1956 年夏，李·克拉斯纳第一次到欧洲，兴奋地写信给丈夫杰克逊·波洛克，"一切都犹如梦境"。此次旅途的背景是两人 11 年婚姻后的一次分居，克拉斯纳希望能暂时摆脱波洛克的酗酒和抑郁，得到喘息的机会。波洛克向妻子居住的酒店送去深红色玫瑰。保罗和埃丝特·詹金斯作为巴黎的东道主，为克拉斯纳介绍了许多纽约来的伙伴。她还在信中提到了雕塑家西德尼·古斯特、画家海伦·弗兰肯特尔（参见第 195 页）以及波洛克之前的画商贝蒂·帕森斯。克拉斯纳强硬地要求约翰·D. 格雷厄姆陪自己去跳蚤市场，格雷厄姆是一位美籍俄裔艺术家兼收藏家，他在 1941 年策划的展览让克拉斯纳和波洛克相遇。波洛克的滴画让他迅速享誉全球，于是他将格雷厄姆视为"唯一能够理解这类画作的人"。

    克拉斯纳还提到了米歇尔·塔皮耶，塔皮耶曾于 1952 年帮助波洛克策划巴黎画展，使他得以进入法国艺术界。克拉斯纳安慰波洛克，法国当代绘画与他的作品相比不可同日而语，质量"不可置信的差"。那年夏天，克拉斯纳与伦敦画商查尔斯和皮特·金佩尔前往两人于梅内尔伯乡村的房子，同住了一段时间，后又前往威尼斯参加双年展。信中她还亲吻了狗狗、吉普和亚哈（两人的孩子），却不知道在她离开的这段时间，波洛克的新女友、年轻艺术家露丝·克林曼已搬进了自己在斯普林斯的家。三周后，也就是 8 月 11 日，波洛克醉酒驾车时撞上了一棵树，不幸逝世，那时克林曼也在车上。克拉斯纳取消了去威尼斯的行程，回国准备波洛克的葬礼（参见第 57 页）。

周六

亲爱的波洛克：

    我会在巴黎伏尔泰月台酒店一直住到 28 号，也就是周六，然后与金佩尔一同前往法国南部，我希望能够在 8 月上旬抵达威尼斯——一切都犹如梦境。詹金斯夫妇，也就是保罗和埃丝特非常好；实际上，如果没有他们的陪伴，我可能不会这么快乐。周四夜晚我们前往拉丁区游玩，同行的有贝蒂·帕森斯、大卫（曾在悉尼的海伦·弗兰肯特尔那里工作）、詹金斯夫妇、西德尼·古斯特以及一些我不熟悉的人，大家像疯了一样跳舞——我和约翰·格雷厄姆逛了跳蚤市场，参观了所有的左岸画廊，会见了德鲁因等画商（塔皮耶、斯塔德勒等）。下周我将会参观右岸画廊——卢浮宫也位于塞纳河右岸，我房间的阳台恰好正对着那里——我无法用语言形容"卢浮宫"——它不仅仅动人心魄——我想你，多么希望你能在我身边——那些玫瑰是最美的深红色——代我亲吻吉普和亚哈——如果能收到你的回信那就太棒了。

爱你的李

这里画的质量不可置信的差。（你过得好吗，波洛克？）

第八章

"更清晰的理解"

you, this constant preoccupati

urbance, I fear at moments th

themslves to be dominated b

ow all 道別 the Childish passio

 out my hope is the near comin

ch I have striven so much and

and feel through the study o

il be better able to discuss th

n hour or two of a Day, though

erature has brought some calr

got no damage; if ever you sho

nows what is for me, but hope

ed port, that is until I have real

ourselves and of making ours

e Varnish, take a rag, or little b

rather than go under in the de

out one in sickness, I feel su

robite who sends you a cordi

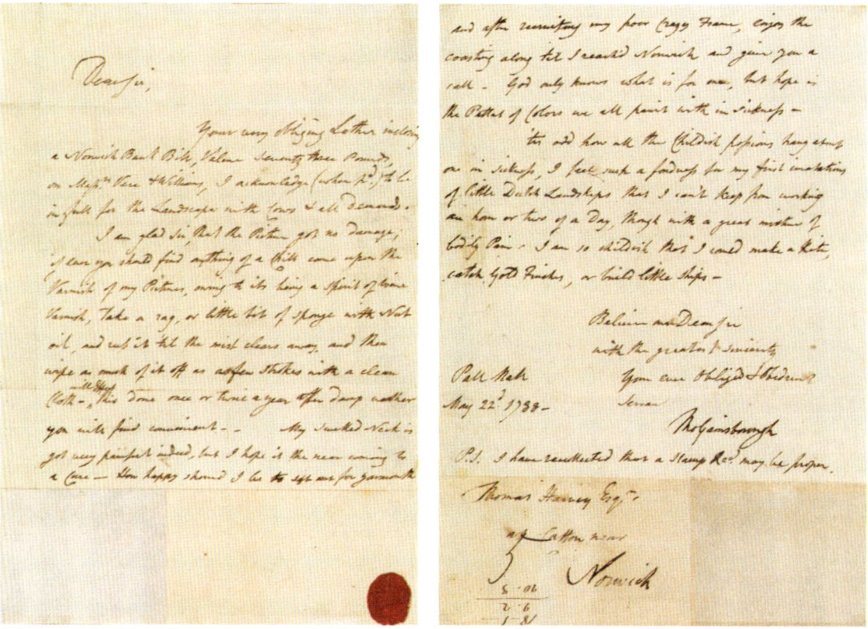

托马斯·盖恩斯巴勒致托马斯·哈维

1788 年 5 月 22 日

托马斯·盖恩斯巴勒在萨福克郡乡村长大，是一位年少有成、天资卓越的画家，九岁时就绘制了第一幅自画像。盖恩斯后来成为 18 世纪最杰出的艺术家，其优雅的肖像画受到乡绅和社会名流如演员萨拉·西登斯和大卫·加里克等人的热捧。18 世纪 80 年代，盖恩斯巴勒居住在伦敦中心的一座豪华联排别墅内，会定期接受王室委托的项目。但是，他又有些讨厌这些所谓的"肖像生意"，渴望重拾对风景画的初心，虽然从中得到的收益远远不及前者。

1788 年初，盖恩斯巴勒的颈部肿胀日益严重，三年前他就注意到这一症状，只不过现在越来越疼了。医生给他配了无害的"海水药膏"，但他却设想了最坏的情况，对朋友说："如果我患上癌症，那么就是个死人了。"他坚持在家中的陈列室售卖作品，其中一幅风景画被来自诺维奇的收藏家托马斯·哈维买走。在盖恩斯巴勒生前最后几封信中（仅仅两个月后，他便去世了），他向哈维提供了保存画作的详细技术建议，文字略带伤感却又充斥着疯狂的幽默感，平实地描述了自己的身体和精神状况。

尊敬的先生：

您在这封诚意满满的信中，随附了一张诺维奇的银行汇票，面值 73 英镑，落款是维尔和威廉先生。我承诺（收到款项后）全身心投入风景画，满足您对画中牛群的要求和一切条件。

我很高兴，先生，作品没有受损；如果您在画作上看到颜料冷却后的痕迹，那是乙醇清漆，用抹布或海绵蘸取坚果油，搓揉它直到去除薄雾，然后用干净的布料尽可能多擦拭几下。每年潮湿天气后需要做一两次，您会发现这很方便。

我肿胀的颈部真的非常痛，希望它能够尽快好起来——如果我能前往雅茅斯，在组建疯狂的框架后，享受海边的景色，并在抵达诺维奇后拜访你，那该多么开心——只有上帝知道等待我的是什么，我希望我们病中绘画时用到的苍白色彩。

很奇怪，在缠绵病榻之际，儿时的热情竟然历历在目，当时我第一次发现自己非常喜欢临摹荷兰风景画，于是每天画画一两个小时，即使身体疼痛交加。我十分顽皮，常常制作风筝、捉金翅雀或造小船——

请信任我，尊敬的先生，向您致以最大的诚意。

您最忠诚和顺从的仆从托马斯·盖恩斯巴勒

蓓尔美尔街

Aix, 21 septembre 1906,

Mon cher Bernard —

Je me trouve en un tel
état de trouble cérébral,
dans un trouble si grand,
que j'ai craint à un
moment que ma frêle
raison y passât. Après les
terribles chaleurs que nous
venons de subir, une
température plus clémente a
ramené dans nos esprits
un peu de calme, et ce
n'était pas trop tôt, maint-
enant il me semble que je
vois mieux et que je pense
plus juste dans l'orientation
de mes études. Arriverai-je
au but tant cherché, et si longtemps
poursuivi ? —

保罗·塞尚致埃米尔·伯纳德

这封信是年事已高的保罗·塞尚写给年轻画家和作家埃米尔·伯纳德的最后一封信。1904 年，埃米尔·伯纳德第一次拜访塞尚。正如伯纳德期待的那样（他之前已经发表了从凡·高那里收到的信件），两人间的通信引起了塞尚对艺术的一些深刻反思："通过圆柱体、球体、锥体来描绘自然"以及"我们需要渲染看到的形象，忘记面前切实存在的一切"。塞尚在这封信中问伯纳德："我能否达到长期以来一直努力实现的目标？"几周后的 10 月 17 日，塞尚写信给供应商，抱怨自己订购的颜料没有到货。10 月 22 日，塞尚在普罗旺斯地区艾克斯的花园里画画时晕倒，在几近完成对自己的承诺之际去世了。

亲爱的伯纳德：

我有点心理障碍，常常害怕脆弱会让我屈服。我刚经历了可怕的热浪，现在温和的温度让我的思绪平静下来，但还是需要耗费些时间；现在我似乎有了更清晰的理解，而且对研究方向有了更正确的认识。我能否达到长期以来一直努力实现的目标？希望如此，但只要目标还未实现，我就有一种模糊的不安全感，直到达成目标后才会消失，也就是说除非我发现自己相较过去有所进步，进而证明这些理论——从本质而言非常简单；这只是为了证明人们认为哪些事物会带来巨大的障碍。所以我会继续学习。

但刚刚重新阅读了你的来信后，我发现自己总是回答得不切主题。请宽容地原谅我；就像我曾告诉你的，这是我始终关注并希望实现的目标，也是原因。

我一直在向大自然学习，在我看来似乎进步得很慢。我喜欢你来看我，因为孤独总是让我感到压抑。但是我年老多病，曾发誓自己会创作至死，而不是死于不体面的减退性麻痹［可能是指帕金森病］，这种病危及那些充满激情的老人，让他们的知觉变得模糊。

如果有一天我有幸与你见面，那我们可以更充分地面对面讨论这个问题。请你原谅我不断地谈到同样的事情；但我相信，我们通过对自然的研究，会发现一切所见所感都在以有逻辑的方式发展，这将我后来的注意力转向技巧问题；对我们而言，技巧是一种有效的手段，能够迅速地让公众与我们感同身受。那些我们钦佩的大师一定能做到这一点。

来自顽固老人的温暖问候和亲切握手。

保罗·塞尚

时间表

1482 年	列奥纳多·达·芬奇致卢多维科·斯福尔扎
1506 年 2 月 7 日	阿尔布雷希特·丢勒致威利博尔德·皮尔克海默
1519 年 12 月 29 日	塞巴斯蒂亚诺·德·皮翁博致米开朗琪罗·博纳罗蒂
1550 年 12 月 20 日	米开朗琪罗·博纳罗蒂致雷昂纳托·迪·博纳罗托·西蒙尼
1560 年 3 月 14 日	本韦努托·切利尼致米开朗琪罗·博纳罗蒂
17 世纪初	王穉登致友人
1636 年	圭尔奇诺和保罗·安东尼奥·巴比里致未知收件人
1639 年 2 月中旬	伦勃朗·凡·莱茵致康斯坦丁·惠更斯
1640 年 4 月 / 5 月	彼得·保罗·鲁本斯致巴尔塔萨·格比尔
约 1650 年	尼古拉斯·普桑致保罗·斯卡龙
1688~1705 年	朱耷致方士琯
1746 年 10 月 21 日	威廉·霍加斯致 T.H.
1773 年 10 月 16 日	约书亚·雷诺兹致菲利普·约克
1788 年 5 月 22 日	托马斯·盖恩斯巴勒致托马斯·哈维
1794 年 7 月	弗朗西斯科·卢西恩特斯·戈雅致马丁·萨波特
1797 年 1~3 月	约翰·康斯特布尔致约翰·托马斯·史密斯
1804 年 3 月 12 日	威廉·布莱克致威廉·赫利
1806 年 10 月 18 日	让-奥古斯特-多米尼克·安格尔致玛丽-安妮-朱莉·福雷斯捷
1823 年 9 月 29 日	约翰·亨利希·菲斯利致未知收件人
1853 年 7 月 26 日	约翰·拉斯金致未知收件人
1866 年 4 月	居斯塔夫·库尔贝致菲利普·德·切纳文斯
1873 年 7 月 16 日	约翰·林内尔致詹姆斯·穆尔海德
1875 年 10 月 15 日~1877 年	皮埃尔·奥古斯特·雷诺阿致乔治·夏邦杰
1880 年 8 月 2 日	爱德华·马奈致尤金·毛斯
1885 年 9 月 8 日	爱德华·李尔致哈勒姆·丁尼生
1886 年	奥古斯特·罗丹致卡米耶·克洛岱尔
1888 年 5 月	克劳德·莫奈致贝尔特·莫里索
1888 年 10 月 1 日	保罗·高更致文森特·凡·高
1888 年 10 月 17 日	文森特·凡·高致保罗·高更
1890 或 1891 年夏	卡米耶·克洛岱尔致奥古斯特·罗丹
1893 年	奥伯利·比亚兹莱致弗雷德里克·埃文斯
1893 年 6 月 6 日	詹姆斯·麦克尼尔·惠斯勒致弗雷德里克·H. 艾伦
1894 年 5 月 19 日	古斯塔夫·克林姆特致约瑟夫·列文斯基
1895 年 3 月 8 日	碧雅翠丝·波特致诺埃尔·摩尔
1896 年 10 月 25 日	卡米耶·毕沙罗致朱莉·毕沙罗
1897~1898 年	爱德华·伯恩-琼斯致达芙妮·加斯克尔
1901 年 1 月 4 日	温斯洛·霍默致托马斯·B. 克拉克
1905 年 9 月 5 日	玛丽·卡萨特致约翰·卫斯理·比提
1906 年 9 月 21 日	保罗·塞尚致埃米尔·伯纳德
1911 年 9 月	埃贡·席勒致赫尔曼·恩格尔
1913 年 6 月 25 日	保罗·纳什致玛格利特·乌达
1916 年 1 月中旬	马塞尔·杜尚致苏珊娜·杜尚
1916 年 9 月	凡妮莎·贝尔致邓肯·格兰特
1916 年 11 月 16~19 日	巴勃罗·毕加索致让·谷克多
1917 年 6 月 9 日	阿尔弗莱德·斯蒂格利茨致乔治亚·欧姬芙
1918 年夏	乔治亚·欧姬芙致阿尔弗莱德·斯蒂格利茨
1918 年 8 月 17 日	乔治·布拉克和马塞尔·布拉克致保罗·戴尔梅和卡罗琳娜·高德斯坦
1920 年 7 月 21 日	保罗·西涅克致克劳德·莫奈

1920 年 11 月 8 日	弗朗西斯·毕卡比亚致阿尔弗莱德·斯蒂格利茨
1921 年 7 月 19 日	贝莱妮丝·阿伯特致约翰·亨利·布兰得利·斯托斯
1921 年 11 月	卡济米尔·马列维奇致阿那托利·卢那察尔斯基
1928 年夏	艾琳·阿加尔致约瑟夫·巴德
1928 年 12 月	让·谷克多致未知收件人
1931 年秋	本·尼科尔森致芭芭拉·赫普沃斯
1936 年 6 月 6 日	亚历山大·考尔德致艾格尼丝·林奇·克拉夫林
1936 年 12 月	大卫·阿尔法罗·西凯罗斯致杰克逊·波洛克、桑德·波洛克及哈罗
	德·雷曼
1938 年 4 月 17 日	纳姆·嘉宝致马塞尔·布劳耶
1939 年 9 月	萨尔瓦多·达利致保罗·艾吕雅
1940 年	卢西安·弗洛伊德致斯蒂芬·斯彭德
1940 年	弗里达·卡罗致迭戈·里维拉
20 世纪 40 年代初	皮特·蒙德里安致库尔特·塞利格曼
1941 年 11 月 9 日	亨利·摩尔致约翰·罗森斯坦
1945 年 7 月	乔治·格罗兹致埃里希·S. 赫尔曼
1946 年 6 月 2 日	杰克逊·波洛克致路易斯·邦斯
1948 年	莱奥诺拉·卡林顿致库尔特·塞利格曼
1948 年 3 月 3 日	多萝西娅·坦宁致约瑟夫·康奈尔
1949 年	安迪·沃霍尔致罗素·林内斯
1951 年 2 月 22 日	弗朗西斯·培根致艾丽卡·布豪森
1951 年夏	琼·米切尔致迈克尔·戈德堡
1954 年 3 月 15 日	安妮·亚伯斯致格洛里亚·S. 芬恩
1955 年 2 月 18 日	艾德·莱因哈特致赛琳娜·特里夫
1956 年 7 月 21 日	李·克拉斯纳致杰克逊·波洛克
1956 年 8 月 16 日	马克·罗斯科致李·克拉斯纳
1958 年 7 月 7 日	海伦·弗兰肯特尔和罗伯特·马瑟韦尔致玛丽亚和汉斯·霍夫曼
1959~1968 年	约瑟夫·康奈尔致马塞尔·杜尚
1959 年 4 月 6 日	伊娃·海瑟致海伦·巴巴纳克
1963 年 4 月 5 日	罗伊·利希滕斯坦致埃伦·赫尔达·约翰逊
1963 年 8 月 26 日	胡安·米罗致马塞尔·布劳耶
1964 年 1 月	赛·托姆布雷致里奥·卡斯特里
1964 年 8 月 17 日	菲利普·加斯顿致伊莉丝·阿舍
1966 年 11 月 16 日	约瑟夫·博伊斯致奥图·摩尔
1967~1968 年	艾格尼丝·马丁致塞缪尔·J. 瓦格斯塔夫
1970 年 1 月 1 日	贾斯培·琼斯致罗莎蒙德·费尔森
1970 年 4 月 17 日	卡尔·安德烈致伊娃·海瑟
1971 年 9 月 6 日	罗伯特·史密森致恩佐·戴维林
1971 年 12 月 23 日	小野洋子和约翰·列侬致约瑟夫·康奈尔
1973 年夏	朱迪·芝加哥致露西·利帕德
1974 年 6 月 26 日	草间弥生致唐纳德·贾德
1976 年 2 月	南希·斯佩罗致露西·利帕德
1978 年 6 月	乌雷和玛丽娜·阿布拉莫维奇致迈克·帕尔
1978 年 7 月 24 日	迈克·帕尔致玛丽娜·阿布拉莫维奇和乌雷
1980 年 8 月 20 日	安娜·曼迪耶塔致朱迪斯·威尔逊
1981~2004 年	朱尔斯·奥利茨基致琼·奥利茨基
1988 年 9 月 14 日	大卫·霍克尼致肯尼斯·E. 泰勒
1995 年 3 月 8 日	辛迪·雪曼致亚瑟·C. 丹托

图片索引

感谢以下各方允许本出版社对本书所引书信进行复制。我们努力列出正确的出处，如出现任何疏漏或错误，将于再版时予以修改。

8 Collections Aristophil / DACS, London 2019, translation by Michael Bird; 10 Collection Marques de Casa Torres, Madrid / Museo del Prado, translation by Philip Troutman in Sarah Symmons, ed., Goya: A Life in Letters (Pimlico: London, 2004); 12 Private Collection / © The Lucian Freud Archive / Bridgeman Images; 14 © Tate, London 2019; 16 British Library, London, UK / © British Library Board. All Rights Reserved / Bridgeman Images; 18 Elise Asher papers, 1923–1994. Archives of American Art, Smithsonian Institution / © The Estate of Philip Guston; 20 © The Morgan Library & Museum; 22 Collections Aristophil; 24 Courtesy of Wienbibliothek, Estate Josef Lewinsky; 26 Archives of American Art, Smithsonian Institution Washington / DACS, London 2019; 28 © Ashmolean Museum, University of Oxford; 30 © The Morgan Library & Museum; 32 Archives of American Art, Smithsonian Institution / DACS, London 2019; 34 © 2019. Image copyright The Metropolitan Museum of Art/Art Resource/Scala, Florence; 36 Courtesy of Sotheby's London, translation by Michael Bird; 38 Archives of American Art, Smithsonian Institution / DACS, London 2019, translation by Francis M. Naumann, in 'Affecteuesement, Marcel: Ten Letters from Marcel Duchamp to Suzanne Duchamp and Jean Crotti', Archives of American Art Journal, vol.22, no.4 (1982); 40 Archives of American Art, Smithsonian Institution / DACS, London 2019; 44 Van Gogh Museum, Amsterdam (Vincent van Gogh Foundation); 46 © The Morgan Library & Museum; 48 British Library, London, UK / © British Library Board. All Rights Reserved / Bridgeman Images; 50 Autograph letter to Claude Monet, 21 July 1920 (w/c, pencil & ink on folded paper), Signac, Paul (1863–1935) / Private Collection / Photo © Christie's Images / Bridgeman Images; 52 Archives of American Art, Smithsonian Institution / DACS, London 2019; 54 The Metropolitan Museum of Art / © 2019 Estate of Pablo Picasso / Artists Rights Society (ARS), New York, translation by Michael Bird; 56 Archives of American Art, Smithsonian Institution / DACS, London 2019; 58 The Metropolitan Museum of Art / Purchase, Guy Wildenstein Gift, 2003, translation by Michael Bird; 60 David Hockney fax (hand-written letter) 1988, hand written letter faxed via a fax machine on one sheet of white, machine made, fax paper, 26.8 × 21.6 cm, National Gallery of Australia, Canberra, Gift of Kenneth Tyler 2002 / © David Hockney; 62 Yale Collection of American Literature, Beinecke Rare Book and Manuscript Library, Yale University, translation by Michael Bird; 64 Archives of American Art, Smithsonian Institution / © Holt/Smithson Foundation; 66 Musée Marmottan Monet, Paris, France / Bridgeman Images, translation by Michael Bird; 68 Handwritten letter from Marina Abramović and Ulay to Mike Parr, page 1. Mexico, June 1978 1978, National Gallery of Australia, Canberra, Gift of Mike Parr 2012 / © Ulay Foundation; 70 Letter from Mike Parr to Marina Abramović and Ulay. Newtown, 27 July 1978 1978, National Gallery of Australia, Canberra, Gift of Mike Parr 2012; 72 British Library, London, UK / © British Library Board. All Rights Reserved / Bridgeman Images; 74 Yale Center for British Art, Paul Mellon Collection; 78 Archives of American Art, Smithsonian Institution / Courtesy of Cindy Sherman; 80 Archives of American Art, Smithsonian Institution / DACS, London 2019; 82 Yale Collection of American Literature, Beinecke Rare Book and Manuscript Library, Yale University; 84 Metropolitan Museum of Art, bequest of John M. Crawford Jr., 1988; 86 © Judd Foundation / quotations from Yayoi Kusama taken from Infinity Net: The Autobiography of Yayoi Kusama (Tate Publishing: London, 2013); 88 Archives of American Art, Smithsonian Institution / Estate of George Grosz, Princeton, N.J.; 90 Archives of American Art, Smithsonian Institution / Courtesy of Yoko Ono; 92 Archives of American Art, Smithsonian Institution / DACS, London 2019; 96 © The Samuel Courtauld Trust, The Courtauld Gallery, London, translation by Danielle Carrabino in Immediations, no.4 (2007); 98 Archives of American Art, Smithsonian Institution / DACS, London 2019; 100 © RMN-Grand Palais (Musée d'Orsay) / RMN-GP;

102 Archives of American Art, Smithsonian Institution / DACS, London 2019; 104 © The Samuel Courtauld Trust, The Courtauld Gallery, London; 106 Archives of American Art, Smithsonian Institution / © Cy Twombly Foundation; 108 Archives of American Art, Smithsonian Institution; 110 Allen Memorial Art Museum, Oberlin College, Ohio, USA / Gift of Helen Hesse Charash / Bridgeman Images; 112 Archives of American Art, Smithsonian Institution; 114 Archives of American Art, Smithsonian Institution / DACS, London 2019; 116 Veneranda Biblioteca Ambrosiana, Milan, Italy / © Veneranda Biblioteca Ambrosiana / Metis e Mida Informatica / Mondadori Portfolio / Bridgeman; 118 © Leopold Museum, Vienna, translation by Jeff Tapia; 120 Royal Collection Trust / © Her Majesty Queen Elizabeth II 2014; 122 Ketterer Kunst / DACS, London 2019, translation by Daniela Winter; 124 Archives of American Art, Smithsonian Institution / DACS, London 2019; 126 Archives of American Art, Smithsonian Institution / DACS, London 2019; 130 Archives of American Art, Smithsonian Institution / © Joan Mitchell Foundation; 134 © The Morgan Library & Museum; 136 © Tate, London 2019; 138 Archives of American Art, Smithsonian Institution; 140 Archives of American Art, Smithsonian Institution / DACS, London 2019; 142 Courtesy of Sotheby's, Inc. © 2017 / DACS, London 2019; 144 Yale Collection of American Literature, Beinecke Rare Book and Manuscript Library, Yale University; 146 Yale Collection of American Literature, Beinecke Rare Book and Manuscript Library, Yale University; 148 © Musée Rodin, translated by Michael Bird; 150 © Musée Rodin; 152 © Tate, London 2019 / DACS, London 2019; 154 © Tate, London 2019; 158 © The Trustees of the British Museum, translation by Michael Bird; 160 Heritage Image Partnership Ltd / Alamy Stock Photo; 162 © Tate, London 2019 / Henry Moore Foundation; 164 Archives of American Art, Smithsonian Institution; 166 Lebrecht Authors / Bridgeman Images; 168 Archives of American Art, Smithsonian Institution / DACS, London 2019; 170 Archives of American Art, Smithsonian Institution / © Tate, London 2019; 172 British Library, London, UK / © British Library Board. All Rights Reserved / Bridgeman Images, translation by Walter L. Strauss and Marjon van der Meulen, The Rembrandt Documents (Abaris Books, New York, 1979); 174 Collections Aristophil, translation by Michael Bird; 176 Private Collection / Prismatic Pictures / Bridgeman Images; 178 Bonhams; 180 Fitzwilliam Museum, University of Cambridge, UK / Bridgeman Images; 182 Archives of American Art, Smithsonian Institution / DACS, London 2019; 186 Tennyson Research Centre, Lincolnshire Archives; 188 Archives of American Art, Smithsonian Institution; 190 Courtesy of Sotheby's London / DACS, London 2019; 192 Bonhams; 194 Archives of American Art, Smithsonian Institution / DACS, London 2019; 196 Collection Frits Lugt; translation from William Martin Conway, The Writings of Albrecht Dürer (Peter Owen: London, 1958); 198 Allen Memorial Art Museum, Oberlin College, Ohio, USA / Gift of Helen Hesse Charash / Bridgeman Images; 200 © Tate, London 2019 / DACS, London 2019; 202 Archives of American Art, Smithsonian Institution; 204 Archives of American Art, Smithsonian Institution; 208 © The Samuel Courtauld Trust, The Courtauld Gallery, London; 210 © The Samuel Courtauld Trust, The Courtauld Gallery, London, translation by Marguerite Kay in John Rewald, ed., Paul Cézanne: Letters (Bruno Cassirer: Oxford, 1941, 4th edn 1976).

致谢

感谢以下各位在翻译和查找书信数字照片方面的无私帮助：大英图书馆凯瑟琳·安德森和安德莉亚·克拉克，考陶尔德美术馆凯蒂·戈塔尔多，阿斯莫林博物馆爱丽丝·霍华德、葛赛因·马奥尼，考陶尔德艺术学院希拉·麦克泰以及泰特美术馆达拉赫·奥多霍诺。同时也感谢白狮出版社耐心、高效的编辑们，感谢尼基·戴维斯、米歇尔·布伦斯特伦和艾莉森·史蒂文斯杰出的图片检索工作。

艺术家的书信集

YISHUJIA DE SHUXIN JI

出版统筹：冯　波
特约策划：徐　捷
责任编辑：陈曼榕
责任技编：伍先林
装帧设计：树实文化

著作权合同登记号桂图登字：20-2020-087 号

图书在版编目（CIP）数据

艺术家的书信集 ／ （英）迈克尔·伯德编著；袁艺倩译. 一桂林：广西师范大学出版社，2020.6
（焦点艺术丛书）
书名原文：Artists' Letters
ISBN 978-7-5598-2753-1

Ⅰ．①艺… Ⅱ．①迈…②袁… Ⅲ．①书信集－世界
Ⅳ．①I116

中国版本图书馆 CIP 数据核字（2020）第 053627 号

广西师范大学出版社出版发行
（ 广西桂林市五里店路 9 号　邮政编码：541004 ）
（ 网址：http://www.bbtpress.com ）
出版人：黄轩庄
全国新华书店经销
广东省博罗县园洲勤达印务有限公司印刷
（ 广东省惠州市博罗县园州镇下南管理区勤达印务有限公司　邮政编码：516123 ）
开本：889 mm × 1 260 mm　1/32
印张：7　　字数：118 千
2020 年 6 月第 1 版　　2020 年 6 月第 1 次印刷
定价：78.00 元

如发现印装质量问题，影响阅读，请与出版社发行部门联系调换。